文經文庫 223

編輯道

周浩正 原著　管仁健 整編

文經社
Taiwan

COSMAX
PUBLISHING Co.
Since 1981

前言

傳「道」而不只是傳「術」的「編輯道」

■管仁健

時空拉回一九九六年。

在一次商業午餐結束時，有位知名的出版商，握著一個沒讀過大學，而且失業又離婚的單親媽媽作者，用非常誠懇的口氣安慰她說：

「我必須很老實的告訴妳，寫少年兒童文學方面的書，妳永遠也賺不到錢的。」

然而，誰也沒想到，在另一家出版社編輯的巧思下，這位單親媽媽所寫的《哈利波特》系列，七本中的第一本出版才兩年，J. K.羅琳的版稅就已迅速攀升至七位數。出到第五本時，她已是全英國最富有的女性，排名甚至在英國女王之前。

對一個作家而言，「富有」意味著她擁有極為廣大的讀者。但讓這本書能獲得讀者的喜愛，靠的不只是作者天馬行空的一枝筆，真正為一本書賦予生命的人，就是這本書的編輯。

一本書要不要出版？要以何種形式出版？怎樣獲得讀者的青睞？關鍵都在編輯。他是一本書的靈魂，決定了這本書大部分的命運。任何一本書從最初的發想，到最終的銷售業績，這一整個系列過程，都需要編輯的「胸有成竹」。至於編輯胸中的「竹」要「成」到什麼程度，也就是編輯的專業程度了。

在傳統的概念裡，編輯只是一個把文字、圖片拼湊成版面的「人」。但現在不同了，編輯必須是有創造力與開拓市場能力的人。「編輯力」是指能把文字圖像、市場開創，串連拓展成為資訊與製造流行風潮等的綜合能力。簡而言之，就是一種「點石成金」的能力。

所以，即使你不是擔任「編輯」，卻也一定要懂得「編輯」。因為編輯不只是一種人、一種工作，更是一種觀念、一種方法與一種規律。無論是報紙、雜誌、圖、書、網路、電影，甚至菜單、服裝、裝潢及廣告、產品目錄等，生產者對產品都要有一種「主導邏輯」，這就是「編輯道」，也是生財之道。

舉例來說，當你動筆或是敲打鍵盤想寫張便條、寫封信、寫日記、寫讀書心得、寫公文、寫論文；或是你正發想、企劃、行銷某種概念或實體商品，這都需要文字、聲音或圖像作為媒介，你必須思考全篇該如何佈局、前後又要怎麼連貫、組織，結構成完整的「東西」，否則你空有再好的想法，也無法成為別人可看、可感、可用的「作品」。這些需要考慮的要件，都是「編輯道」的一部分。

再進一步，如果你要設計一系列的服裝、開發一系列的飲料，或是製作一個節目，要有怎樣吸引眾人目光的開頭、要有怎樣流暢的順序讓人注意力不中斷，要有怎樣高潮的結尾讓人回味再三，成為你的忠實客戶與推廣者，這也是「編輯道」的範圍。

市面上關於「編輯學」的書籍，本書絕非第一本；但是詳查內容，老實說不僅算不上是「編輯學」，大多只停留在「編輯術」的層次。當然，我們絕不輕忽「編輯術」的重要，因為編輯確實也是一種技術，要把「工匠精神」發揮到極致，也不是三兩年能就能達到的。

但正如本書的書名所言，「編輯道」不只是在告訴讀者編輯技術上的枝枝節節，而是作者要將數十年的編輯經驗，透過文字轉化成一種「道」。但道可道，非常道。「道」又是什麼呢？其實「道」的本身也有三種層次：

首先，「道」是一種方法、一種技藝。《論語・子張篇》裡說「雖小道，必有可觀者焉。」要貫徹「編輯道」，必須要有紮實的技術基礎與認真的工作態度，把所知的方法與技藝，在工作中徹底實踐。

其次，「道」是一種規律、一種事理。《莊子・養生主》裡說「庖丁釋刀對焉：

臣之所好者，道也；進乎技也。」做同樣工作，有人費盡力氣也不見得有成果；有的人卻輕鬆自在地完成；有人把事業經營得像欣賞藝術一樣的享受，悠遊其中，這當然不只是運氣的差別而已。

最後，「道」是一種思想、一種學說。《論語・里仁篇》裡說「吾道一以貫之。」當「編輯道」成為一種思想與一種學說這樣的層次時，就不是精通編輯技術的「編輯匠」可以辦到的。

二〇〇五年九月，我在政大公企中心進修「出版高階經營管理碩士學分班」的課程時，收到同學轉寄來的電子郵件，內容是資深編輯人周浩正先生以書信體方式，寫給在職編輯的信，拜讀之後大感驚訝，這不就是我尋覓多年，一直希望得知的「編輯道」嗎？

周先生在出版界是一位傳奇性的人物，他從青年時代就活躍於傳播出版界。報紙，他主編過臺灣時報副刊、美洲中國時報副刊；雜誌，他主編過書評書目、幼獅少年；出版，他擔任過遠流出版公司總編輯、正中書局顧問等職務；自己也創辦過實學社，舉辦過百萬徵文的羅貫中歷史小說創作獎。可以說是編輯全才，而且戰果豐碩，由他來談「編輯道」，是非常適合的人選。

但周先生雖有如此顯赫的經歷卻態度謙和，對於我們要將這本書以整編後的紙本型式出版，他始終低調迴避，因為他原本只希望大家在網路上看看聊聊就夠了。但我們在這個行業也有一段時間了，非常了解這本書的價值所在，所以仍不放棄爭取，經過多次請託，周先生才勉強同意，但要求本社以「周浩正原著，管仁健整編」的方式具名，為了順利出版，本社依照周先生的指示辦理。因為這本書周先生原本並不是以書的形式來書寫架構，而是由我整編的，所以書中結構若有不盡理想之處，都是我的責任。

本書不只是適合有心從事編輯工作者閱讀，因為編輯有其道，這種「道」不只是用在出版與傳播界，還可以廣泛運用在不同商品中。從發想、企劃、執行到組織、行銷，從寫作、到編班校刊、到大量發行的出版書籍、報紙雜誌，甚而製作廣播電視節目、籌辦各種大小型活動、創造熱門網站、以至開發任何行業的系列產品，善用編輯道，都能讓你創造暢銷產品、引導社會風潮，發揮「點石成金」的無限創意。

目次

5 成功方程式 48

PART II 編輯的執行 61

6 幕後推手 62

7 編輯「壹」兵法 72

PART III 編輯的實務 121

PART I

編輯的發想

1 尋找「紫牛」

在齊一步伐前進的人群中，那沒有踩著鼓點的人，他耳畔響起的，可能是來自遠方的另一種召喚。

什麼叫「紫牛」？

先從一本排行榜上的暢銷書《紫牛》談起。

什麼叫「紫牛」？

「在瑞士草原上，看到一頭黑白乳牛，令人心曠神怡，但是當你看了一萬頭黑白乳牛，你的眼皮已經快要闔上。如果，這時候草原上出現一頭紫色乳牛……」

不用講，你一定眼睛一亮，精神為之一振。

作者賽斯・高汀提出一個觀點：在任何競爭激烈的市場，永遠需要「紫牛產品」，若你做不到「卓越非凡」，市場必歸於脫穎而出的勝利者。

換言之，你必須與眾不同，你必須站在「最」的一端，來顯示自己（產品）的獨一無二，當紫牛出現了，市場也出現了。

高汀是一位傑出的行銷創意人，他從市場端（消費者購買心理與購買行爲）觀察產品研發的重要性——假使你製造出來的產品和跟你競爭者所製造出來的產品雷同、甚至一模一樣，請問：你的生存機會有多少？

從這個觀點來檢視自己，便不由得心生警惕，我們不妨捫心自問：

——**我們已經擁有「紫牛產品」嗎？**

——**我們正在研發「紫牛產品」嗎？**

回想當初在遠流出版公司負責編務時，我提出一句口號：**「以開發替代競爭」**，刻意在書市中尋找薄弱之處切入，凝聚特色，做出差異。在別人還沒有警覺之前形成規模，搶先在讀者心裡種下印象，成為「創始者」，同時也將愛好者經營成社群，掌握住這片小眾市場，再伺機擴大。

用「紫牛」來理解這些做法，似乎找到了答案。

何處覓紫牛？

至於出版界的「紫牛」在哪裡？

無論從編輯或出版社立場來看，「紫牛」藏身之處，不外幾個方向：

❶ 國內知名作家及其作品。
❷ 購買國外名家名作或暢銷書。
❸ 編輯選題組稿。
❹ 自來稿中萃取。
❺ 設獎甄選。
❻ 其他。

我深信上述方向，大體上每個出版社都不敢掉以輕心，但顯然的，「紫牛」太稀少了，因此儘管每年始終維持相當數量的出版物，真正能獲取市場的，鳳毛麟角，少之又少。因為，你這樣思考，其他競爭者也一樣思考；你那樣行動，其他競爭者也那樣行動。大家都是一個模子裡型塑出來的，彼此的思維都跳不出同一成長背景的框框，同質化的現象，使得「與眾不同」變成高難度的挑戰。

但若是刻意地勉強製造「不一樣」、「非凡」、「獨特」，只怕弄巧成拙，貶為「四不像」，得不償失。

當大家勤懇地相互學習、相互模倣，個性就不見了——在這情況下，總有人不耐凡俗，勇氣十足地走一條不一樣的路。

西方有一種說法：「在齊一步伐前進的人群中，那沒有踩著鼓點的人，他耳畔響起的，可能是來自遠方的另一種召喚。」

「紫牛」書的典範

至於出版界的「紫牛」，有個很棒的例子。

他的名字叫郝廣才。

在台灣童書出版領域，他是位創新歷史的人。

一九九〇年，我任職遠流出版公司，有一天社務會議上，總經理詹宏志帶來一位年紀不到三十的年輕人出席，介紹他是新闢路線「兒童館」的負責人，他身材高瘦，眼睛大大的，說話略顯急促，喜歡死死的瞪著大眼跟人爭辯。

我曾經策劃主編《幼獅少年》《新少年》的創刊及《王子半月刊》的改革，對兒童文學界尚稱熟悉，坦白說我對郝廣才完全陌生，不知道他是從那兒蹦出來的。

他不慌不忙地報告童書出版藍圖，似乎感覺到這位帥哥的雙眼發亮起來。沒有人能抗拒他的雄心大志。

他走了一條與眾不同的路。

他選擇了「繪本」。

【繪本童話中國】三十冊一套，大開本，精裝，重磅雪銅全彩精印，預估總投資高達台幣千萬，而且需時三至五載。那時候的遠流正值大擴張階段，充滿鬥志和野心，老想做別人不敢做的事。那時候我們也發展出郵購能力，對「套書」的胃納極大。光是編輯構想就引人入勝，何況他擬定更大的目標：邁向世界。

那是令人難以奢想的願景，誰能拒絕光榮？

他的做法也十分大膽。他創意好，文筆佳，但不會繪畫，可是品味高妙。他早已蒐集各國一流繪本，作為超越的對象。他很清楚自己要什麼，他不在成名的畫者中尋找繪者，他把目光移向年輕人，精挑細選其中佼佼者，向他們訴求世界級的榮耀，要求他們一同接受挑戰。據說，他非常嚴格，達不到標準的插畫絕不姑息，必須一稿再稿，直到合格為止。

一九九二年，第一本書《老鼠娶新娘》出師大捷，榮獲西班牙「加泰隆尼亞雙年童書插畫」首獎，繪製者劉宗慧躋身國際，郝廣才也一舉成名，在童書界成了年輕一輩的偶像。

同年，《神鹿》榮獲義大利「波隆那國際兒童書展」最佳插畫獎。

由此開始，《板橋三娘子》《七兄弟》《二郎》《顧米亞》《火童》《青稞種子》……等得獎不斷，有些作品已經譯成英、西、韓、菲、泰、越、寮……等語文，並燒製成光碟，賣出各類授權，可說大獲全勝。

光在台灣一地，至少售出三萬套，營業額高達台幣一億以上。

他實踐了諾言：走出台灣，邁入世界。

這就是「紫牛」。

似乎，得來全不費工夫。

很多人在製作童書，他做得跟人不一樣，「獨特」讓他飛上枝頭，也讓遠流涉入兒童書的市場，吸引更多優秀人才加入，擴大了經營範疇。

我們如今才理解當初如何以「差異化」形成「市場區隔」，以「特色」強分市場一杯羹。

寫到這裡，不禁想問：我們的紫牛又該何處覓？

2 橋拱與石頭

一個優秀的編輯人，遲早他會知道「經營概念」的重要性。因為「概念」創生「領域」，由「領域」裡催生「新生作家」。

你在做什麼？

談到暢銷書的「編輯」之前，先引述我講了一輩子的小故事。

我從彼得．杜拉克（Peter F.Drucker）的名著《管理學》中讀到一段文字，頗受啟發，刻意把它編撰成一則小品：

三石匠正專心於他的工作。

「你們在做什麼？」一個路過的行人問道。

「我正在賺錢過活。」第一個石匠答道。

第二個石匠頭也不抬，小心翼翼地修整著眼前的石塊，答道：

「我要雕鑿出最合用的石塊。」

第三個石匠舉首望向空曠的荒地，眼裡閃著亮光，說：

「我正在建造一座大教堂。」

三個答案都深獲吾心。

我們既為每日三餐而努力，也為了維護工作職位而練就一身本領，更重要的是內心要有願景（vision），否則至多庸庸碌碌過活，談不上完成什麼成果了。在努力實踐理想的奮鬥歷程中，即使被不斷擊倒，仍然得躍身而起，蹣跚前行。

但我們的「願景」是什麼，要清晰地說清楚，可不是容易的事。

在揭示的願景之下，讓創意冒出頭來，然後擬定編輯計劃，一步一步付諸實施，配合財務調度和行銷等支援系統，才稱得上是一件可被推動的案子。

話說來簡單，做來卻難，前面所提及郝廣才之例，不失為可一再反芻的樣板。

你在關心什麼？

談到暢銷書的「編輯」，我又要講故事了。

伊塔羅·卡爾維諾（Italo Calvino，1923-1985）在《看不見的城市》一書，有一段頗具深意的文字，忍不住要與你分享：

馬可波羅描述一座拱橋，他一塊一塊石頭地仔細訴說。

「到底哪一塊才是支撐橋樑的石頭呢？」

忽必烈大汗問道。

「這座橋不是由這塊或那塊石頭支撐的，」馬可波羅回答：「而是由它們所形成的橋拱支撐。」

忽必烈大汗靜默不語，沉思良久。然後他說：

「為什麼你跟我說這些石頭呢？我所關心的只有橋拱。」

馬可波羅回答：

「沒有石頭就沒有橋拱了。」

我認為每一個以編輯生涯為職志的人，都應把這段文字熟記於心，不可或忘。

你從這則談話裡頭得到什麼啟發？先想想，不要急著往下讀，也許你有非常獨特的領悟，不要被人牽著鼻子，放棄了自由思索的權利。

從編輯工程角度審視，「橋拱」意謂什麼？「石頭」又意謂什麼？

以及「橋拱」與「石頭」這些看得見的存在之外，又是什麼？

「橋拱」與「石頭」彼此在既定空間裡存有辯證關係，之外呢？

時間是一端，人（編輯工程師）則是另一端。

假設「橋拱」意謂著一家出版公司，那麼「石頭」意謂著職員？出物品？還是隱性的組織架構或運作模式？之外，領導人和他的視野、器識、創新力、執行力又如何估量？

假設「橋拱」意謂著一個出版範疇——例如「兒童讀物」，那「石頭」就是兒童作家和作品，之外呢？當然是編者。橋拱的牢固與否與石頭的品質、切磋的技藝、安放的位置等相關，其中任何一項發生偏差就會影響到整體形象，換句話說，也就不成為「堅實的橋拱」了。在解構「局部」與「整體」之間關係之前，不如先回到編輯人（編輯工程師）的立場申論。

「拱橋」這個建築構想是從那裡來的？最初是誰擁有這個智慧創造了它？是誰聰明的懂得架設一座橋，把「作家」和「作品」按照心中藍圖黏合起來？

「實用歷史」叢書

且舉我主編的「實用歷史」為例說明。

我雖不懂日文，但常陪深諳日本文化的朋友逛日文書店，日文書刊不僅裝幀與設計精美，它們的內容也極其多樣，以當年國內出版物與之相較，彼此差距不能以道里計。每次我都被書架上一本企管性質的「統領雜誌」（President）吸引，有一段時期，它常以中國歷史人物為封面及專題，光是這些，都足以讓心懷「有為者當如是」的編輯動心。我買了不少這類雜誌（我在遠流工作時，曾購買完整五年的「統領」），並請朋友與同事解說內容。我發現一點：日本人是個實事求是的民族，雜誌的內容都指明**「知識是拿來用的」**（彼得．杜拉克語），他們的「實用主義」觀點深深感動了我，而他們如此認真研究中國歷史人物及事件，身為中國人也不能不為之生憂，從那時起，「如何把歷史和其他知識結合」並深入大眾生活加以活用，成為我暗藏於心的衷願。

直到有一天，我找到了「實用歷史」這組概念，我知道自己終於踩在泥土上，可以放手一搏了。

心目中的「拱橋」出現了，但建造橋拱的石塊在那裡？

沒有稿源（石頭）。

我親自拜訪大學歷史系所教授，希望取得他們的協助，共同開發這塊處女地帶，但被婉轉拒絕，他們認為歷史這一神聖殿堂不容瀆褻，有一位年輕的研究所所長私下告訴我，他個人雖表同意歷史的世俗應用不應偏廢，但絕不敢冒天下之大不韙，與眾人為敵，歷史學界的學風保守頑固，我終於領受了。

此路不通，另闢新徑。

我把「建築基石」（石頭）來源分割成數塊。最快速的方法是去日本取經。於是專程赴日選書，買了一些書作為基石，另一方面在不同專長的作者群中覓尋有歷史癖好的寫手長期經營，先交換意見，把心裡已有的方案拿出來請教，「商用二十五史」這個概念，就這樣找到了陳文德先生，他的「秦公司興亡史」，奠定了他在此一領域的地位。在這同時，我拋出【中國經世智典全集】概念，將適合宗旨的經典古籍白話語譯，尋求大陸地區傑出的中文系教授支援，很快的，我就能開列一長串模擬書單，在幾十本書名中，大約嗅出「實用歷史」的味道了。

果然，皇天不負苦心人，第一批五冊在預約階段就銷售出近五千套，金額達四百多萬元，光在這一年，二十多本「實用歷史」叢書就締造出約三千萬元營業額，可說大獲全勝。

拱橋造好了，它是由很多最漂亮堅固的巨石組織而成——我們編輯人提出藍圖捏塑出心目中的理想形貌，它們誕生、成長並在書市中佔有一席之地。

她是「紫牛」嗎？

是。

她是「拱橋」嗎？

是。

不能否認的——編輯尋找到她、定義了她、完成了她。

編輯是什麼？

一個優秀的編輯人，遲早他會知道「經營概念」的重要性。因為「概念」創生「領域」，由「領域」裡催生「新生作家」——處女地帶一旦開發成功，就成了自家獨一無二的後花園了。

有些不了解出版工程的人，每每小看了其中從業人員，以為只需認識作家，人脈資源豐富就行了，不！這些只是人人需要的必備與起碼條件而已，在運籌帷幄時，更需要一顆大腦袋。

編輯是什麼？

任何詮釋都只是片面的，和瞎子摸象沒有不同，每多一次實戰歷練，它的意義就有了擴張和改變，換言之，我們不能固定它，那樣只會窄化解釋空間，反而侷限自己去探索各種可能性的機會。

「紫牛」和「拱橋」都是一個變數x，它是anything，「代」入不同的項目，就產生不同的結果，試試玩一玩這個遊戲，可能很有趣喔！

「整體」與「局部」孰重？

談到暢銷書，必須再回到「拱橋」與「石頭」之間的辯證關係，加以剖析。忽必烈關心的是橋拱——彰顯了形式至上的心態；而馬可波羅關心的是構成橋拱的石頭——特別強調了內容的重要性——意謂著沒有石頭（內容）那來橋拱（形式）。事實上，兩者猶如皮與毛之相互依存，誰也離不開誰。

這種情況放在某個書系理解，就再清楚不過了。沒有傑出的作品，絕對支撐不了書系的長遠發展，像缺了脊梁般，癱成一堆泥，無法在書市佔有市場。反之，缺了定位（positioning）和聚焦（focus），只是書的集合（大雜燴），也無法凝聚愛書人癡迷的眼神。前面所舉「實用歷史」的例子，因被歷史知識活用於現實生活概念所吸引的讀者，在《縱橫學讀本》《中國帝王學》《老子管理學》《秦公司興亡史》《北宋危機管理》《曹操爭霸經營史》《為政三部書》……等書中得到滿足，他們對單一書籍的喜愛，很容易在簡潔的概念下，投射到書系，進而認同整個書系。他們的購書行為變得非常瘋狂，幾乎是照單全收，你每出一本書，他們買一本書，甚至不太過問書的內容（訴求消費者的求全心理）。

後來，我們歸納出「經營概念」「經營領域」「經營書系」「經營作家」四句口訣，就是從這些經驗提煉出來的。

寫到這裡，還是難免還要一問：

——橋拱重要還是石頭重要？

——整體重要還是局部重要？

若非先有了整體（拱橋）意識，局部（石頭）怎可能產生意義，使整條書系產生綜效？反之，橋拱沒有恰如其份的石頭組成，也就不成為拱橋了。

這已是不辯自明之理。

至於「編輯人」於其中所占的位置，自更毋需贅言了。

遠景的「世界文學全集」

多年以前，我曾經跟一家甚規模的出版社負責人建議，出版一套已屬公共財範疇的「世界文學全集」，因為任何一家重要出版公司，都應以自己聲譽樹起經典之碑，去分食這片永不落架的書櫃。

談到「世界文學全集」和我的因緣，必須先申述我的出版信念。

約在四、五十年代，台灣書市十分貧瘠，一般青年學子所汲取的養份來源，主要是依賴坊間私下翻印二、三十年代大陸翻譯的世界名著，所用紙張和印刷品質十分低劣，但在當時政治氣氛下，能有這些書閱讀已經要感謝上蒼恩賜了。

然後隨著政經大環境日漸開放，一般書商也看到這個無本生意的商機，紛紛出書，弄得書市良莠不齊，零亂不堪。

到了七〇年代，由沈登恩主持的「遠景出版公司」異軍突起，已是民間最活躍、最具魄力和影響力的出版社，他個子瘦小，人稱他為出版界的小巨人。我和他共同投資成立「長鯨出版社」，他給我很多幫助。

為了答謝他，我建議以「遠景」清新的形象與市占率，打造一套一百鉅冊的遠景版【世界文學全集】，將坊間蕪雜版本統一於標準規格之下。我自願負責籌劃第一批十冊，並親自將《茶花女》重新編輯作為樣板。上市之後，果然擊敗所有競爭者，建立「第一品牌」的聲譽。

正中的「輕經典」

我在正中書局擔任顧問時，也斟酌書局過去歷史和現況，以及既有書種與獨特的銷售系統，提出兩個企劃案：

1.「輕經典」——選擇適合青少年閱讀，吻合輕、薄、短、小條件的世界名著一百冊，以小開本、精裝、彩印面世。

2.籌印正中版「世界文學全集」。

第一案「輕經典」首批六冊推出之後，《動物農莊》榮登書市排行榜第五名，不到四個月，共售出約一萬兩千多套，立即引起出版界的注意。

第二案「世界文學全集」則好事多磨，因總編輯換人而暫停。不久，正中即陷入動盪，案子只有擱置。但我此想要說明的是，為什麼正中版「世界文學全集」還有機會以及怎麼去做？

要是毛毛躁躁、草草率率地拿早年「遠景版」的做法來個如法泡製，任誰也知道必輸無疑，因此必須讓愛書人清楚瞭解「正中版」有何不同——和別人不一樣便是我們贏得勝利的礎石。

讀者心理常常是極其微妙的。他們一方面懷舊，迷信古典——老的就是可被信任的、好的；另一方面他們又非常善變，喜新厭舊又彷彿才是人的本性（否則「創新」又從何來），人性的繁複經常難以掌握。我們一面守其常——堅守經典；一面求其變——改變出版的組合方式和節奏。

我們規劃的做法很簡單：先假設不要去強硬地限定全集冊數，不論是一百冊或三十三冊不等，有沒有可能以不同主題切割成數個單元。

譬如，第一個推出的單元，定名為「十一個女人——文學史上不朽的叛逆女性」，十一這個數位只是隨手取用沒有特別含義，這一單元可分批上市，當時預定打頭陣的是《查泰萊夫人的情人》，配合電影劇照作為插頁，以超低售價九十九元進佔市場，並以此徵求長期讀者。

第二個單元則暫定為「英雄的樂章——七個永不屈服的奮鬥者」……以此類推。究竟要做多大規模，則視主、客觀情況而定。

在初期構想中，除了要以二十一世紀的眼光，慎選作品之外，必須用全新譯本並強調這是一套別無取代、最適合新一代閱讀的經典版本（以上所云，僅從編輯角度言之，眞正付諸實施仍需更多的計算和考量）。

信誼的「核心優勢」

一本暢銷書的出版，應該先自問計劃中有什麼推陳出新的構想？有人說，在眾多賣麵的店中，某家的陽春麵比其他競爭者多放兩片瘦肉（這就是競爭優勢）差異化所形成的特色，即是贏得勝利的要件之一。

「信誼學前兒童教育基金會」一直都是只出版學齡前兒童讀物，做得非常成功，她不求廣博，「但取一瓢飲」的策略，精準地為自己定位，設立獎項，培養新作家，不但擴大了創作隊伍，也提昇了整體創作水平。而且在信誼於成立之初，就先跳出框框，不以地域自限，直接訴諸華文世界。

信誼的「小」，使她相對容易地建立起自己的核心優勢，結果她躍上枝頭變鳳凰，反而「大」了起來。

前陣子剛好讀到一段精彩的理論，我發覺可以一字不移地運用於出版經營。「台灣大學國際企業系」的湯明哲與李吉仁教授，指出企業成長策略有兩種模式：

一種是看到機會、抓到機會而成長，稱為「機會基礎成長策略」（opportunity based growth），多數公司屬於這種，但其崛起速度很快，而當市場消失，機會不見時，公司也就走入歷史。

第二種則稱為「能耐基礎成長策略」（competence based growth），這是一種以企業核心競爭力為基礎的成長策略。因為核心能力強大而成長的公司，通常都是好公司，且可長遠。

用更白話的話說，時髦和流行都只是一時的，也永遠追趕不及，搞久了反而迷失本性。只有認清自己的長處在那裡，並謙卑地去聆聽消費者的聲音，在兩者之間找到接頭，把長處轉化為消費者所渴慕的產品，聚焦在新開發的領域，全力以赴，或許不失為一切考量的起點。

3 兩個「i」

要將夢想極大化，但又要具有管理夢想的能力，避免耽於浪漫與空想，也避免夢醒時分的痛苦。

「創新」與「想像力」

自從矽谷的電子業從雲端墜下之後，處處響起檢討聲音，最常聽到的說法，認為歸根結柢錯認了「矽谷精神」。

所謂「矽谷精神」不在「e」而是「i」，也不是指「電子商務」（electronic commerce），而是「創新」（innovation）與「想像力」（imagination），只有這兩個「i」才是根本中的根本，才是永恒不變的。

矽谷人忽略了它們，所付出的代價極其慘重——從事出版大業的人，何嘗不是如此？一旦失去了這「兩個i」，必將面對嚴酷的生存壓力。所以，不論身處何位，都得時時以此自省，否則到頭來連怎麼「出局」都搞不清。

對於出什麼樣的書，我不習慣從一本書或一個人談論，如前所述，我更關心一個領域的能否佔有、一條路線能否發展。

想的到就做的到

一九八五年，我負責「時報出版公司」編務時，提出**「在競爭力最小的領域，拓展出自己專屬的市場」**，並訂定四項細則：

❶做別人忽略做的。

❷做別人不敢做的。

❸做別人不能做的。

❹做別人已經做而做不好的。

以兩分力量放在眾人公認的「逐鹿之地」與競爭者周旋，其餘八分力量用於「開拓」新市場。

我在時報出版公司時，只開了個頭，沒等到收成；等我到了遠流，在近八年編輯生涯中，我堅守這個信念，獲致不錯的成果。

「實用歷史」就是活生生的例子，從無到有，創生新的市場，也成就了一些作家，作為編輯人，這是最大的安慰。

只有在同中求異，尋求新市場，才能令人刮目相看，這也是一種創新吧！

「創新」需要「想像力」，必須敢於放縱思維、任意翱翔，從既有規範中建立新平衡的支點；若不能接受試煉，只會唯唯諾諾、安於現狀地墨守成規，最終的結果便是日漸凋零，一事無成。

將夢想極大化

在《亞洲周刊》曾讀到一篇介紹澳門的特稿，敘述澳門於回歸後，銳意改革，予人面目一新。編者下的標題「將夢想極大化」特別引人注意，編者在按語中云：

澳門——這個小城市的巨大能量，就是要將夢想極大化，但又要具有管理夢想的能力，避免耽於浪漫與空想，也避免夢醒時分的痛苦。因而『澳門之夢』的背後，是實事求是的努力，善用回歸後珠三角及中國大陸融合的趨勢。

澳門強化「賭城」品牌形象，開放牌照讓更多世界級的賭博企業帶著資金和先進的經營理念、加入競爭行列，她肅清黑社會勢力，打造公平的舞台，並建構「資訊流」和全世界接軌，做到暢行無阻，一無凝滯。

她主動向香港伸出友誼之手，希望將兩地「賽馬」事業合併，把餅做大；又與內地廣結善緣，引進觀光大潮並提昇服務檔次；她地方雖小，志氣卻不小，全力邀請世界第一流的藝文團體來澳公演，把澳門打造成一座文化城。

澳門一連串主動出擊，凝聚出自尊、自信、自強、自立的**市民意識**。這是一個充滿前瞻眼光和實踐意志的明日城市，一時之間，似乎把驕傲的香港人比下去了，甚至連我都起疑了：難道澳門想取香港而代之嗎？

很明顯的，她要做東方永不被取代的拉斯維加斯。

因此，她更開放、更包容；她的再造能力，使周邊的城市黯然失色。她非常明白，若是不能在這大潮流中逆流而上，肯定會被沖刷的屍骸無存。

澳門的故事令人動容，「兩個i」始終貫串其間，**想的到就做的到**。歷史上所有的革命大業不就是最動人的實證嗎？

出版人必須主動尋找、擁抱「兩個i」，我試著抛磚，看能不能引玉。

【思考1】：《哈利波特》席捲世界書市，能發掘得出中國版的《哈利波特》？

【思考2】：身高矮小的人，如何比比肩而立的巨人更高出一截？

第二題的答案很簡單：站在巨人肩上就行了。第一題的答案就見仁見智，不易有一致看法。當第一、二題混合在一起思考，難度又增加了。

從《哈利波特》談起

我們先說《哈利波特》。

這是一部幻想文學，它奠基於古遠的「巫」的傳說，把巫婆、掃帚、巫藥、巫術……等納入故事，但也可以說是作者將「巫」之種種工具化，作為媒介，「巫」只是誘引劑，她創造了新的說故事的方法，而在西方鋪天蓋地的好萊塢式的行銷大戲籠罩下，全世界沒人能脫身於外。我從第一集讀到第五集，除了一、二集還能吸引我好奇心理往下讀完之外，越往後越勉強，為了瞭解故事發展，我逼迫自己翻完最後一頁，我不知道還有沒有六十四歲的老翁，像我一樣認真讀完《哈利波特》了。

我沒有白讀。

《哈利波特》有很多特色，信筆拈來，即可略舉數項：

❶從沒有人把「巫」的故事說得這麼趣味動人。
❷作者創造出一個巫民世界。
❸善與惡相持的永恒主題，使得故事得以綿綿不絕。
❹咒語學習與使用的趣味，提煉出新的賣點。
❺我們永遠能陶醉於冒險、懸疑、衝突、解決的模式中得到滿足。
❻處處看到人性中親情、友情、師生之情的光輝普照。
❼普世價值的規範與啟迪。

《哈利波特》第五集，在台灣第一刷就印了七十萬部，令人嘆為觀止，既羨又妒。聽說，大陸在第五集印行之前，已經有人仿寫出版，可見中國有創意的「千里馬」不少，只是未遇「伯樂」。

每個人都可以扮演「伯樂」這個角色，而尋找「千里馬」（我們夢魂所繫的「紫牛」啊！）不正是編輯的重要任務之一？

但當「紫牛」已可以做「局部」的「基石」時，編者內心有「拱橋」的藍圖嗎？

所有問題其實都環環相扣、生滅相繫的。

從《西遊記》談起

相信聰明的讀者，多半猜得出我要提出的構想了。要能吻合上述兩題思考題的題材，只有吳承恩的「孫悟空」了。我不特別講《西遊記》，目的即在彰顯「孫猴子」。這個構想能充分滿足思考題的要求，我們既可站在巨人（經典《西遊記》）的肩上，也能將孫猴子抽離出來重新塑造，從孫猴子出世、上學、成長經歷寫起，光是在校苦練「定身咒」「變身咒」「御雲咒」「召魔咒」……等過程，就有寫不完的趣事。再想想永遠長不大的「小飛俠——彼得潘」、漫遊奇境的愛麗斯等所蘊含的童話質素，加以組織，也許不失為一條創新之路。

我敢說，孫猴子悟空就是中國版的《哈利波特》，孫猴子的童年應該是一個小頑童的冒險與學習之旅，是一部成長小說，要逗趣不要說教，要有讓從「九歲到九十九歲」都手不釋卷的內容（當年我主持兒童與青少年雜誌時，也特別強調要津津有味）。

請試著想想看，假如你是活在當今的吳承恩，假如這位吳承恩幸運地是個兒童文學作家，你認為他會如何創作「西遊記」裡的要角「孫悟空」？

類似的問題在我主持「實學社」編務時已經提過，那時的「拱橋」是「大眾讀物市場」，現在不妨移動位置，繪出另一份藍圖。

這一塊經典再造的領域，迄今還無人佔領，也許一直有人嘗試，但始終還無法取吳承恩而代之。

喏！這就是機會！

做這件事難不難？

難！

要是不難，老早就被人捷足先登了。

台灣的孩子從小看日本人畫的西遊記漫畫和卡通，信不信由你，他們編繪的卡通片裡，孫悟空還有個青梅竹馬的女朋友呢！

荒唐嗎？

不！可有趣極了。

我一再強調「兩個ｉ」的基礎或可建立在四個原則上：「做人家忽略做的；做人家不敢做；做人家不能做的；做人家已經做而做不好的。」拋磚之後，將續談其他我未實現的夢想。

我有一些未竟之志，是否可行，還有待更嚴格的檢驗。

4 經典再造

一個好的領導人永遠是「做對的事」而不是努力「把事情做對」。他們沒有時間犯錯，否則將很快從激烈的競爭中出局。

做對的事，而不是把事做對

很多人把暢銷書的產生，歸結到資金充裕與否的問題，這很值得一談。

假使每件事情都必須等到資金不虞匱乏之時才動手，這世界未免太理想化。在出版界，我看過從不缺錢的公司（多半是公營性質的），卻因未任用專才，導致虧損累累而頻頻替換總經理，最後一蹶不振，將江山拱手讓人。

相反的，目前檯面上那些深具影響力、鈔票滿荷包的出版社，都是私人企業，大約成立於七、八〇年代，從三十萬台幣（申請出版社應自備的銀行存款）起家，有些老闆還得靠借貸籌集首運金，一路走來，跌跌撞撞，歷經險厄才有今天的局面。他們在最艱困的時期，天天到處調頭寸，以便在銀行下午三點半打烊之前，把所缺資金存入，好應付當日必須兌現的支票，否則跳了票，觸犯票據法，是要坐牢的（這條惡法在十多年前已經取消）。而銀行歡迎出版社開戶卻不肯貸款周轉，因為他們認為書不能當抵押品，只是一堆廢紙而已。

但這些出版社在極險惡的環境下，走出陰霾，建造起自己的王國。除了天生的企業人本色：冒險性格、組織力、策略眼光和資金調度能力之外，更重要的是「用對人」與「做對事」。

柯林斯（Jim Collins）在所著《從A到A+》一書中，歸納美國五百大企業十五年來的表現，經比較、分析、整理，篩選出11家「從優秀到卓越」的公司，揭示它們成功因素首在「找對人」。

柯林斯說人人都同意「選才」很重要，但少有人肯下定決心認真覓才。先找對人，再發展策略——這是此書最核心的觀點，原書立論精闢，大陸亦有譯本，請購來細閱，不再贅言。

人找對了，他自會組織經營團隊，擬訂經營目標，去做正確的事。遠流出版公司總經理詹宏志找到郝廣才，因而開闢出兒童館，在繪本童書的領域，獨佔鰲頭，就是很典型的例子，投資在他身上的錢，第三年就開始回收，還使公司增加不少資產（版權）。

順便提一個重要的常識性觀念：一個好的領導人永遠是「做對的事」而不是努力「把事情做對」，這兩者的分野，區別了領導才幹的良窳。台灣當今活躍於第一線的出版人，或多或少均具有這些特質，他們沒有時間犯錯，否則將很快從激烈的競爭中出局，喪失對書市的影響力。

錢重要，人更重要

台灣雖是彈丸之地，內部競爭卻非常紅火，人口才二千三百萬，登記有案的出版社卻有近七千家。台北出版公會最近發佈的電子報，引述行政院新聞局公佈的統計資料：在二〇〇二年，約七千家出版社中，曾申請標準書號的有二・三八五家，申請四本以上的有一・〇五八家，全年新出版書種三六・七五八種，以兒童讀物與勵志類為最多，實際銷售額則以教科書及兒童讀物分佔一、二名，整個出版產業推估產值為五三〇億～六四八億九千多萬元之間，平均每家營收為四千零六十六萬六千七百元（不含行銷通路），每天出版新書達一百種。

請試著想想書店店員每天面對排山倒海送來新書的壓力，也請想想出版社面對如此殘酷殺戮戰場的生存壓力——能活著，可不是件容易的事。所以，面臨生死存亡的民營出版社，誰也不敢掉以輕心，天天思索著如何「活在今天，還要活在明天，永續經營下去」；不斷尋求人才與新的出版構想，便成了領導人的首要使命。

總而言之，錢固然重要，人更重要。有錢的老闆都非常謹慎，不願輕諾，像「實用歷史」事後證明大獲成功的構想，從提出討論到付諸實施，整整耗了一年半的時間，我可還是這家出版社的總編輯呢！

但若一旦獲得信任，就有機會「一」搏了。

至於其中有些不足與外人道的經營竅門，未來再找機會說明，還是先回到「經典再造」。

孫悟空上學啦！

為什麼要「經典再造」？

其實答案也很簡單：因為這是個大商機。但關鍵在我們能不能重塑經典，站在原典的肩上寫出「新定本」。

譬如說，取吳承恩《西遊記》而代之的「孫悟空」（虛擬書名），是否能真正走進成長中一代的心靈，將西天取經的八十一難，轉化為「成長故事」？年輕、充滿創意、不甘墨守成規的現代吳承恩，怎能忍受J．K．羅琳只用了一點兒魔法，就從《哈利波特》贏得了超過十億美金的報酬？

一個活在今日時空背景下的吳承恩，會怎麼寫他的《西遊記》？

《西遊記》的首部曲會不會是：

「孫悟空上學啦！——魔法學校一年級生的十堂課」？

但人們常說：「人民的眼睛是雪亮的」。小讀者們的眼睛也是，他們非常清楚什麼作品才能擊中心弦。缺少童趣的作品，很快回歸市場基本面，它的最終命運，就是躺在倉庫與時長存。

所以，為了跳出框框，也可試著組織一個寫作班子，精挑成員，一同編撰情節，再由文字運用純熟者執筆完成，共享一個筆名。但依我的個性，我會不惜成本設立大獎，從來稿中挑選合作人選，和他一起編織大夢。

既然一開始就決定寫出「新定本」，就必須抱持非成功不可的決心，只有走在所有競爭者前面，先馳得點，「新定本」才有機會走進市場，「新定本」一旦生存下來，這即是「新經典的誕生」。

做個天天有夢的人

「經典再造」是一項艱鉅的大工程，它奠基於出版經營者的策略抉擇——當你企圖建立「競爭優勢」時，手邊有沒有和競爭者在市場上完全區隔的產品，展現出自己產品的「獨特」與「卓越不凡」？經典再造工程絕對是一塊「再遲疑就來不及」的大領域，它能形成競爭優勢，它離經典不遠，因為它來自經典。對出版人而言，它具有一種致命的吸引力，而一旦佔有這塊版圖，是可以獨吃上一輩子的。這樣的故事若創作出來，它就是如假包換的「紫牛產品」了。

當然，除了《西遊記》，還有太多作品及其書中人物（角色）可賦予新的意義加以重塑。例如：《封神榜》裡的哪吒，他法力無邊，武功蓋世；他不喜歡束縛；他自定規矩；他一直在尋覓真我——像潘彼得一樣，是個永遠長不大的孩子。

我想這類例子太多，你不妨也拿出紙筆，放肆一下想像，記錄下來，說不定蹦出一個了不起的創意。

在「經典再造」的企劃中，我同時醞釀另一個「中國兒童守護神」大夢。夢夢相繫，一夢牽一夢，希望能美夢成真。

成功屬於那些天天有夢的人。

5 成功方程式

老掉牙的商品也可以創新，從而衍生出無限的商機，舊商品在精緻化之後，不但能產生高附加價值，也更容易吸引消費者。

一：二：九

先說明一：二：九的含義。

在美國影城好萊塢，一部成功的動畫電影，本土票房收入如果是一，海外票房收入就可達到二倍，而周邊商品利益，則可達九倍。

當我第一次讀到這些數字時，覺得它們非常「魔幻」，這樣的「成功方程式」，對邁向開發國家的「文化創意產業」，究竟有什麼啟示？

——遙不可及。

我相信大家第一時間的反應應該是相似的。但人窮志不短，我們至少要把這個方程式當作努力的目標，下定決心去實踐。因此，當我們設計一項產品時，應盡可能將各個市場納入考量，把餅揉大。不但能在台灣暢銷，還要跨進大陸，順便逛逛日、韓、東南亞；再拐個彎，登陸歐美。

好美的夢。但，難道連做夢的權利都沒有嗎？

我有一些大夢。其中之一即是我們的「兒童守護神」這要先從日本漫畫談起。

哆啦A夢的啟示

記得我剛入出版這一行時（約一九七〇年前後），因為長久政策偏差，扼殺了本土漫畫的生機，讓日本漫畫鑽了法令空隙，趁虛而入，壟斷了整個漫畫市場。我們整整一代，從小便啜飲日式卡通的奶水長大，當初有許多傑出的日本漫畫及卡通作品，恕不一一列舉，在此只提出一個例子：小叮噹（在日本它的名字叫「哆啦A夢」）。

小叮噹是來自未來世界的一隻機器貓，和它新主人小朋友大雄一起生活，發生許多趣事。大雄顯然不是大人眼中的好孩子，他很平凡，功課似乎老出問題，瘦弱的身子常成了同學欺凌的對象，但當小叮噹到了他家、做了他的好朋友之後，一切為之改觀，小叮噹胸前的乾坤袋裡取之不盡而又變化萬千的寶物，解決了他全部難題（當然囉！也鬧出更多趣事）。

先是漫畫擭取了小讀者們的心，接著是卡通電影，再往下是玩具和各種授權產品，我們毫無抗拒地接納它成為生活中一部分，也許在書桌，也許在床頭，陪伴著孩子成長。請注意！我想強調的重點是：為什麼我們孩子的書桌或床頭放置的玩具不是孫悟空、哪吒、紅孩兒、千里眼、順風耳、三寸丁……或其他能讓孩子高高興興自動要求購買、純由國人創作的玩具造型？

我苦苦尋找答案。皇天不負苦心人，終於摸索出一個解答。

從哼哈二將想起

我曾檢視神話故事與民間傳說裡一些角色，經過不斷比較分析，終於在《封神榜》中找到了這組極具人性與趣味性的結合——哼哈二將。

哼將軍，他個兒瘦高細長，像根竹竿兒，彷彿風吹就會倒，個性冷冷的，很酷，是屬於那種不苟言笑的一類，但心腸極好。每次出陣，都浩浩蕩蕩地率領一群和他長相相似的士兵，由他先使出絕門功夫，只見他「哼」的一聲，從鼻孔裡噴出兩股黑煙直奔敵陣而去，對方士卒身陷迷霧，伸手不見五指，聞到異味紛紛倒地，哼將軍身後烏鴉兵拿出繩索衝向前去把他們捆綁俘擄，大勝而歸。

另一位哈將軍，恰巧和哼將軍分屬敵對陣營。他，矮矮胖胖的，模樣兒可有點癡肥，走起路來好似一個圓圓的球在地上滾動，脾氣溫和可親，天天笑容可掬，但每次打仗他都勇敢地率領一批和他一樣胖墩墩的士兵，由他先大嘴一張，「哈」的一聲，一團濃濃白煙從口裡源源而出，戰場上無端端地只剩下白茫茫一片，敵兵鼻聞異香，倒地不起。哈將軍身後士兵拿出繩索把他們捆個結實，凱旋回營。

有一天，眾人期待已久的畫面出現了。哼將軍終於遇到了哈將軍。結局可想而知，戰場上昇起一股黑煙、一團白霧，籠罩四面八方，對陣兩軍均不支倒地，雙方各自抬回自己的主將和士兵，算是打個平手。

哼哈二將的故事，似乎只出現在《封神榜》。民間傳說中，將他倆當作「門神」祭拜（有些地方的門神以秦瓊與尉遲恭替代）。

請不妨如此想像一下：

我們下一代的成長過程中，守護在他們身邊、陪伴他們的長大的，除了米老鼠、唐老鴨、白雪公主、哆啦A夢、鹹蛋超人……之外，會不會有更切合我們孩子童心童趣的玩伴？哼哈二將能被我們下一代張開雙臂擁抱嗎？為什麼非一定是哼哈二將而不是其他？

哼哈二將的優點

當然，這只是「孩童守護神」的選項之一。但從下面五點來看，確屬上上之選。

第一：名字好，容易國際化。

哼、哈兩種發聲乃人的自然音色，不論你是那一國家或民族的人，都不需要翻譯就聽得懂，可視為渾然天生，若不取用，實乃暴殄天物。

第二：他倆是家家戶戶需要的護幼天使。

他倆本來就是我們家庭的門神，把門神請下來保護未來主人翁，豈不是更加貼近原先天賦他們的神聖任務？

第三：大塊留白

關於他們的故事太少了，正好給創作者有著力之處，海闊天空，任人翱翔。

第四：天生一對寶

他倆一胖一瘦，一高一矮，一冷一熱，恰恰是最諧趣的組合。

第五：虛位等待。

「兒童守護神」的位置，還沒有人佔據，現在就看誰有此能耐了。

成功要靠團隊

在往下推演之前，我願意自曝己短，模擬一段故事大意。

話說哼哈二將，在天庭搞砸了玉皇大帝交付的任務，因此被貶下凡人間，等做滿一百件好事才准重返天上。

這二人一路跌跌撞撞，歪打歪著，進了阿彥的家。平時，當阿彥父母在家時，他們乖乖留在大門門神畫像上，只有阿彥獨處時，他們才會現身。阿彥是獨生子，性情溫和，功課普通，在學校裡很得人緣，但因身材瘦小，老被班上粗鹵的同學欺侮，但也幸虧有可愛的小梅，總是像大姐姐一樣呵護著他。直到哼哈二將到了他家就全改變了。因為，一則他們有神通，可上天入地，也能在時光隧道來去自如，任何空間與時間都不能限制他們；一則他們做了阿彥的守護天使，阿彥的煩惱就成了哼哈的煩惱；只有阿彥快樂了，他們才會快樂起來。

就像藤子不二雄繪製的「小叮噹」一樣，他們會從未來世界取得一堆發明幫助阿彥解決種種難題，所以故事就永遠說不完了。

這個構想我曾經嘗試過多次，但都在哼哈二將的造型設計上遇到挫折，那些年輕朋友畫不出我心目中想要的神情而中止了合作。

其實故事內容反而不是我最擔心的，只要組成寫作小組，就能編撰。

二十多年前，小叮噹漫畫席捲台灣，有不少出版社爭相投入，有的一周一冊，有的半月一冊，但藤子的作品有限，根本不敷所求。有位朋友告訴我，某家出版社乾脆請了一位年輕怪胎，根據原創者的理路自行編寫，再由出版社僱槍手繪製，居然魚目混珠地搞了多年。

要不是朋友說出來，我真還不知道當時看的有些《小叮噹》竟然是贗品。我曾央求朋友介紹此人相識，但一直未曾圓夢，失之交臂，可惜之至。我說這段往事，是要強調天下無難事，只怕有心人。哼哈二將的故事，也可作如是觀。順便一提，日本知名的漫畫家，背後都有一個團隊在運作，藤子不二雄也不例外。

星巴克咖啡的新意

現在可以回頭思索一下開端所標示的「成功方程式」一：二：九的意義了。

當「哼哈二將」累積到一定能量時，成功方程式的魔力將漸漸發酵。這股力量不僅存在於文字，也存在於漫畫和卡通，更有可能發威於電玩世界，並製成布偶玩具甚至做到商標授權等等。這些都不是空想，只要敢做肯做，一定能成為事實，請信任我闖蕩出版界近三十年的經驗。別看我寫得輕輕鬆鬆，它可是我長期積蓄心力所構思的「拱橋」之一，懇請認真對待。

我知道困難很多，但若沒有困難擋在前面，那才奇怪！不是嗎？

把經典的某些內容和人物重新定義、詮釋，不失為頗佳的起點。老舊之物猶如蒙塵之珠，難掩其原有之光輝，好好運用，依然能創造新的價值。誠如星巴克（Starbucks）總裁霍華・蕭茲（Howard Schultz）說的：

「老掉牙的商品也可以創新，從而衍生出無限的商機，譬如nike運動鞋，它就是從老掉牙的球鞋升級演變而來，舊商品在精緻化之後，不但能產生高附加價值，也更容易吸引消費者，因而使得舊商品創造了新生命。」

「星巴克咖啡」將了無生氣的傳統咖啡店賦予新意，重建其價值觀，從美國一隅一躍為世界品牌，他的成功跟經營者的觀念與心態息息相關，霍華・蕭茲先生能在陳舊事物的內在看見新生的種子，創造「附加價值」，先做出一家樣板，然後不停複製，由此造起龐大的咖啡連鎖店王國，他的經營理念非常可取。

《QBQ！問題背後的問題》作者John G. Miller也說：**「許多人都聽過這麼一句俗語：創意是跳脫框架思考。這句話頗有道理，但是我認為真正的創意，應該是**

『在框架之內成功。』」

太陽底下本無新事，也不能企求萬事俱備；在最近讀到的某書作者大喊道：「去他的找對人、做對事，我們需要的是勇往直前。」在既有的支援條件下做該做的事，仍是現實世界裡最高行為準則，充滿智慧的革命家才不會搞得粉身碎骨。

如何編輯一部名著？

假設現在我要編一本美國作家弗蘭克．鮑姆（1856——1919）的全集《奧茲國經典歷險故事》共十三冊，其中《綠野仙蹤》因曾改編電影以及它主題曲風靡世界，是家喻戶曉的故事。我會先這樣思考。「當年的遠流會怎麼處理這部名著？」

一開始，我們便會面臨很多重選擇。

一是規規矩矩出版《奧茲國經典歷險記全集》，為出版社打造一座里程碑。但這套書會以人人熟悉的「綠野仙蹤」為名，「奧茲國歷險記」純作說明性副標，每一分冊用「之一」、「之二」、「之三」……做標示。

一是為了不讓這部書於出完之後失去依持，我們習慣在這部全集之上尋找大概念，例如【世界兒童文學名著精選】。然後，找一位知名兒童文學作家或有影響力的學者擔任總策劃，說明出版緣起，或再組成「編輯委員會」，並另設主編負責執行。這位主編得掌控一切，其他人都可以考慮虛設，否則人多嘴雜，事事難辦。

不過，這位主編必須是兒童文學熱愛者，他才是詮釋「大概念」的靈魂人物，他應模擬全集細目作為出版依據，細目編撰時，一方面做最大開放，一方面嚴加規範，使全集維持品質與水平，不至於失去控制。

一是若決定經營【世界兒童文學名著精選】這個概念，則又將面對新的抉擇：假設【世界兒童文學名著精選】是封閉型設計，全集只做一百冊，那麼《奧茲國歷險記》十三集該全數納入嗎？還是只取代表作《綠野仙蹤》？

假使【世界兒童文學名著精選】是開放型設計，沒有冊數的限制，但把十三集全都編入是明智之舉嗎？抑或只編一冊代表作，其餘延伸於外，編成一套完整的《鮑姆經典兒童文學全集》當套書販售？

有太多好書因沒有書系依靠而淹沒在書海中，令人扼腕。倘若有一個好概念將其收納，這部書就有機會因此存留下來，這也是我一再強調的「經營概念」。

如何行銷一部名著？

通常，我們要求編輯一定要有「市場意識」。書，不可停留在孤芳自賞的階段，它必須接受愛書人的考驗，通不過考驗，必從書市淘汰。

因此「產銷一體思考」的觀念非常重要，優秀的編輯都應是這條律則的信奉者，我更是身體力行，惟恐不及，但仍常失敗。

當社務會議決定全套出版《奧茲國經典歷險記》十三冊時，行銷企劃原則上也一併完成。假使是我操盤的案子，編務、業務一定要一把抓。

首先決定「出版節奏」，是一次或分次上市？原則上，能一次出齊絕不分二次，但不論節奏如何，預約廣告仍應整套販售（一次或分批寄送）。其次，決定裝禎方式（精裝？平裝？做不做套書匣？）、價格策略（單冊定價及全集預約的優惠幅度）、販售對象及方法、贈品設計、主訴標題等等。然後，便進入實際操作階段。

一般作業程序，大約分成三階段、五個攻擊波。三階段分成上市前、上市中、上市後；五個攻擊波，分別是DM行銷（含報紙廣告、網路預購）、新書發表會、店頭造勢（例如作者簽名會、限時限量限點特販）、座談會、網上套書特區專賣。

「上市前」這個階段最為重要也最能著力，至少佔用80％以上心力與預算，重點放在出版之前（一至三月）的DM郵購，希望在郵購階段就把投資資金回收。

台灣的出版社非常重視讀者名單管理，他們經年累月地搜尋有效名單，分門別類，隨時加以保養運用，我們名之為「資料庫行銷」。每家出版社都有秘藏的「金名單」，意思是說，只要名單對象收到DM，就難以拒絕誘惑，他們是最快購買的讀者。這類名單少則二至三萬，多則數十萬。

以遠流為例，他擁有的名單高達百萬以上，經常使用的也有十幾萬，其中各領域的精華名單約在三～八萬之間。為了增強DM郵購效用，行銷人員還會適時編列報紙廣告費用，使DM更具說服力，而這類廣告常以整頁篇幅的刊登，聲勢浩大。在此同時，網路預購亦同步進行，以求形成縱深，擴張戰果。

「上市時」根據DM行銷等結果，隨時修訂行銷計劃。若一切均如預估，則照表操練，驗收成果。

到第三階段「上市後」，更不可掉以輕心，可做的事仍然很多，甚至可這麼說，做好收尾工作，才算圓滿。此時，不同的結果有不同的處理方式：

・假如《奧茲國經典歷險記》在郵購階段反應熱烈，立可找個理由適度延長郵購時間，把效果做最佳發揮。即使上市後仍可繼續進行目錄行銷及產品組合行銷。

這時，若有書系概念，便可了解它的功效和威力了。

・假如在郵購階段無法突破瓶頸，應迅速檢討產品定位及訴求重點是否貼切，並重加修正，萬一都不能奏效，可採取以下行動：

❶既是經典鉅著，於公司形象有加分作用，把投資回收期延長。

❷儘量透過渠道專案促銷（例如圖書館及校園行銷）。

❸做為促銷或拓銷產品。

❹利用特別節慶，捐贈僻遠地區學校、社區、單位，做公益活動之用。

❺銷毀，以減輕倉儲壓力。

以上僅舉數端說明，因為像《奧茲國經典歷險記》套書，依台灣獨特經驗，並不適於店銷，至於願不願、能不能納入書系做整體考量，則是另一層次的事了。

台灣出版很擅長「多通路行銷」，他們知道依靠單一通路非常危險，不把雞蛋全放在一個籃子裏。他們很懂得利用新生事物，當社會上還未充分了解超商的連鎖效應的力量時，當時遠流的總經理詹宏志就主動和他們合作，屢建奇功。二○○三年遠流在統一超商舉行金庸修正版《神鵰俠侶》預約，據說有七至八萬套巨量就是典範。

PART II

編輯的執行

6 幕後推手

一方面廣建人脈，一方面要提昇鑑賞能力，一方面能開發議題。好編輯永遠在尋找可雄據書市的「主導邏輯」。

「幫人家出書」的人

很久很久以前，我初入編輯這一行，在某次聚會上，身旁一位從事教育工作者禮貌地詢問我：

「請問你在那裡高就啊？」

「我在××出版社上班，我是編輯。」

「噢——，是幫人家出書的。」

我不敢推斷他語氣中有沒有輕蔑之意，但這句話卻跟了我一輩子。

感謝老天爺！最近從職場退休之後，終於可以總結的說：在「幫人家出書」的道路上，我找到立足點、找到自我、找到生存的權利和意義。

一點也不錯，我們就是「幫人家出書」的人。

編輯生涯可以濃縮成上面五個字，也可書寫出一百萬倍的論述文字，仍難盡奧妙，因為即便是鐵則金律，也會隨時空變化而不斷演進。

我很高興能有此機會，記下成長歷程中的點點滴滴供同行參考。

做個「校對達人」

一般刻板的印象裡，做編輯的人無時無刻不在覓稿、邀稿、改稿、發排、校對、協寫行銷文稿、連繫作者及印刷廠等等，天天忙得不亦樂乎，似乎編輯生涯就在日而復始中，生產一部部書籍送上書市。光彩是作家的，盈利是老闆的，成就是公司的，——我們呢？只因為從小喜歡閱讀或舞文弄墨而入了編輯行列，心甘情願地奉獻自己，我們在被讚頌為美德的敬業精神裡，從整個產脈中隱失了。

即便如此，我們仍無可救藥地，樂此不疲。

編輯這道門，一旦跨入，不乏可供選擇的發展方向：

你可以以校對為職志，成為校對高手。

一個真正了不起的頂尖校對可非等閒人物，所有引經據典他均知出處，任何艱僻之詞都找得到根源，本身即是一部會走動的活辭書。若沉迷閱讀，只想讀盡天下書的書癡，「校對」是個很貼心的工作。偶爾，還可書寫類似《校對學》《錯別字辨識》等書，甚或籌設提昇國文閱寫能力補習班，普渡學子。

一旦有幸身列「校對達人」，身價將大大不同，甚至成立工作室，承接出版工程中校對之責。（但隨著電腦教育普及，著、譯文稿均以磁碟交件，「校對」這個行業漸漸融入編書工序環節之中。）

編輯的「庖丁解牛」

你可以以編書為職志，成為編書高手。

「專業編書」與「一般編書」之間的差距，難以道里計。前者能化平凡為非凡，提昇書的價值；後者只蕭規曹隨，虛應故事。

例如有位陳錦輝先生，即是編輯高手中的高手。他將一部談行銷的書稿打散重組，當作者再見到自己著作時，看到的是一本有了新書名、翻開目錄見到全新的章節名稱和內容結構，細讀文字卻似曾相識，只是有些文字不見了，有些次序不同了，有的段落、節奏更有音樂感了，甚至有些切下來編成內頁的專欄或註解。

我為之大開眼界，見識到編輯達人「庖丁解牛」式的神奇技藝。當然，再出色的編輯，也無力把垃圾變黃金，基本上必須「金玉其中」，而識貨的編輯自會拂拭掉外面的亂絮，理出著作本來面目。

後來，這位作者根據此書編法，依樣畫葫蘆，繼續寫了數冊，出版之後，部部暢銷，有的還成為專校的教科書。

陳錦輝如今自立門戶，出任顧問並專注出版工程中編書之責——他走的道路，也是編輯的發展方向的一種。

你要成為那一種編輯？

常言道，條條大路通羅馬，編輯能走的路，也繁複多樣，端視自己的性向和志趣所在而定。前述例子，即說明一旦充分認識自己，便可刻意發展獨特技藝，也找到生活樂趣。

一旦入了行，每個編輯都該悄悄自問：十年或二十年後，究竟要成為那一種編輯？你心目中的典範人物是誰？或是別樹一幟，凝塑新的典型？

假使你非常了解身處的社會變遷及因此激發出來的知識渴求，而你能在第一時間掌握到國外最新出版資訊，並擁有敏銳的市場嗅覺，你可能是另一位郝明義（大塊老闆）或吳程遠（遠流總編輯）——郝明義創造出《EQ》奇蹟，吳程遠掀起《從A到A^+》旋風，他們在當年引領風騷，成為出版界爭相報導的代表性人物。

假使你人脈廣闊，當今名家都納於手心，再加上對新崛起的作家和作品具有獨到的鑑賞力，使你永遠取得到你想要的創作——這種才幹非同小可，一定能夠在出版（文化）界獨當一面甚或雄霸一方。

有些報紙副刊主編、出版社主編、雜誌主編都是很好的榜樣，他們之所以能身居要職，除了人脈經營的優點之外，必還另具長處，這是一條很傳統而正規的發展之路。

假使你的野心不是一點點，顯然的，遠流的王榮文和城邦的詹宏志都應該是很貼合的偶像（「有爲者當若是」或「彼可取而代之！」——你是哪一類？）。

要是你事事見解與週遭夥伴相異，經常看出常人忽略的關鍵，恭喜你，因為特立獨行的你，很有機會成為雅言出版社的顏秀娟或寶瓶文化的朱亞君。前者努力證明「單打獨鬥可以做到多大？」後者的信念直接而坦率：把事情搞大。她們所代表的新世代（後浪）精神，令人刮目相看。

「朱學恆」的選擇

朱學恆——就是，呃，有點難介紹，可能是個「電玩小子」，到目前為止，已翻譯出版了二十三種書，最著名的當然是《魔戒三部曲》，迄今已銷售六十萬冊，光這部書的版稅收入，即直逼二千萬元，嚇人不？據說，當初他毛遂自薦請求重譯《魔戒》，並自動提出嚴苛條件：

——若銷售不到一萬套，分文不取。

這傢伙，真不愧為當代豪邁奇男子。

他做過城邦旗下「奇幻基地」總策劃，擔任「奇幻基金會執行長」。最了不起的是他去年登高一呼，號召網路社群共同努力將美國麻省理工學院的開放課程進行中文化（好艱鉅的世紀工程），不到一年，從世界各地冒出四百多人、擁有不同領域專長的義工（我有個親戚參加了這次活動，成爲其中四百分之一），未花一毛錢，認養了全部課程，平時看似一盤散沙的中國人，彼此互不相識，卻在朱學恆的理念下凝聚在一塊兒了。

了不起吧！很難學——這世上還真有這種傻子和相信他的傻子呢！

假使你資質平常，卻又不傻，反正什麼也算不上，再加上生性木訥、害羞、缺乏自信、口拙……樣樣不如人——很不幸的跟我一樣普通，卻因緣際會入了編輯這一行，未來還有生存機會嗎？

當然有。

你看！我不是活得好好的，正振筆直書編輯經驗嗎？

從出版工程作業流程和建制規模進行瞭解，可走的路很多，編輯這一行業，固然可從基本功下工夫而有所發揮，但歸根結柢還是得省視自己性向與志趣所在，努力**做你自己**。

編輯的「達人精神」

做為出版編輯，在幫人家出書的基礎上，我們的使命（工作內容）非常單純，用最淺白的話說，即是：出書、出好書、出好賣的好書（否則薪水從那裡來？）。

要是光是出書，出自己喜歡的書，太容易了。只要老闆授權，不負盈虧責任的話，即使他有金山銀山，保證讓他徒留英名而逝。所以，業界曾經流傳一句蠻刻薄的「類格言」：一個成「名」的老編身後，老闆們屍橫遍野。

的確，出好書不難，可是要出到適合經營的好書，可就難了。

什麼叫「適合經營的好書」？答案無解。因為選書難免摻雜個人的主觀意識或出版政策優先次序設定之後的經營範疇擬訂所引發的爭議。

你認為適合出版的好書，別人不一定認同。譬如，國外得獎作品就牽涉到國情適與不適的問題，書不壞，但一定「好」嗎？成名作家的作品，水準也常參差不齊——人，找對了，書卻可能出壞了。

若是再加上「好賣」（暢銷）的條件要求，立刻明白編輯有多難為。

所以，若你「不幸」做了出版社的編輯，最重要的當然是學好基本功，起碼要熟悉校對、編書、發排等流程掌控和基本人際關係的圓融運作，否則連飯碗也保不住。

而每個細部，都有機會深入而臻於「達人精神」，成為其中佼佼者；或以此為墊腳石，依個人志趣積極拓展活動版圖並學習承擔公司永續發展的經營使命。

一旦踏上這塊墊板，禍福從此難料，再也回不了頭了。

尋找「主導邏輯」

編輯的道路看似狹窄，其實仍有足夠的空間供人發揮。

前面舉出的樣板人物，都找到了與眾不同的生存理念，並由此發展出獨特的論述，在遼闊的出版界，拓殖出經營空間，將其信仰具體實踐。你，是不是在積累經驗之後，也能找到與眾不同而又有生存利基的、新的出版方向及範疇？

編輯除了實踐工具性的天職之外，更需發展一套屬於自己的目的性論述，少了這份雄心，編輯工作淪落為打工性質，我想，當不是踏入此行的初衷。

我們除了盡心做好幫人出書的工作之外，依然不可忘記打造自己：一方面廣建人脈，經營人脈；一方面要提昇鑑賞能力，當優秀的作家與作品打從眼前經過時，能迅即掌握；一方面能開發議題（找到「拱橋」），獨佔議題，成為某個範疇獨享者——若能臻於此境，就非同小可了。

好編輯永遠在尋找可雄據書市的「主導邏輯」，將管理學大師普哈拉教授倡導的「主導邏輯（Dominant Logic）」理論，用在詮釋出版領域（書系）經營上，非常有力。依他的看法，不是「產品」決定了成敗，而是「產品背後的邏輯」。回頭省思我策劃的「實用歷史叢書」之所以成功，普氏的理論提供了新的支持。用最簡明的話來闡述：你為什麼選擇某類型的讀物刻意經營，總得「給個說法吧」。我們不可能漫無目標隨意出書，總得找到「性相近」的領域經之營之，而隱藏於這些書背後的出版邏輯，才是決定成敗的主因。

你有細心留意尋覓嗎？

在本書中，提到「編輯」一詞時，多在陳述出版範疇內的作業，實際上尚可粗分「報紙副刊編輯」、「雜誌編輯」。我因成長過程崎嶇不平，經歷較為複雜，常遊走於三種身份之間，但也因此得到各種試煉機會。對我來說，我很清楚是以何種身分發聲，但讀者卻或需多一層思辨。好在所有原理的根源如同老子之「道」，萬變不離其宗，均始於一。

接下來我會和盤托出我的思緒之源——說穿了一點也不稀奇，就一個字：「壹」。

7 編輯「壹」兵法

假若書系概念是壹，它是怎麼形成的？我們該如何完成它？怎麼節制它的範疇不致溢出？又怎麼豐富它的範疇而不致貧瘠？

「壹」的運用

一位多年未見的朋友來訪。見我伏首案前，在蒙恬「手寫板」上描來畫去，久久才成一頁，笑道：

「真是何苦來哉！老寫些自以為重要卻少有人認為重要的東西，不如多陪大嫂出國走走，好好享受人生最後一段時光吧！」

他說的很對，卻不知我在享受人生另一種樂趣呢！

我陸續寫下個人編輯生涯的起伏和一得之愚，目的在給自己一個交代：

——庸庸碌碌忙了半輩子，究竟活成什麼「東西」？

我相信資質駑鈍如我的人，世上一定不多，但人生自有際遇，我曾僥倖得到試煉機會，積存了些許經驗，所以很樂意如實吐露，但願大家讀完之後，驀然發現所述內容簡陋膚淺，不過爾爾，因此信心大增，指著這些文字說：

「我以為是匹錦緞，結果啊，嘿嘿，是塊腳墊！」

雖只是塊腳墊，但還是可以讓人進入屋宅（堂奧）之前，除掉些鞋底污泥——這將是我莫大的榮幸。現在，我招認，在我的編輯生涯中，從頭到尾只有一招：

「壹」的運用。

從一條線看到一尾魚

我之體會「壹」的大用，純粹出自偶然。

六〇年代前後的臺灣，正值啟蒙年代的前夜，那時候的年輕人說可憐也真可憐，說幸運也真幸運，因為什麼都匱乏，時時處於知識飢渴狀態，因而四處汲取養分，惟恐錯過。在有限的書刊中，經常接觸的有《文星》《筆匯》《建築》《文學季刊》以及後來由蔣勳主編的《雄獅美術》……。

有一天，讀到介紹「表現主義」創始者康定斯基（Wassily Kandinsky 1866～1944，俄國畫家）的一句話：

「從一條線，看到一尾魚。」

我整個人僵直在那兒了——不是被話震懾而是感到困惑，因為我無法理解「一條線怎能孕現一尾魚」。

帶著困惑，使我面對現代藝術各種流派的作品時充滿自卑，等我接觸到徐復觀先生的《石濤之一研究》，才開啟了一道光。接著，翻閱他另一部大塊頭作品《中國藝術精神》，也找了姜一涵教授研究石濤的論文集，看得似懂非懂。結果在《石濤畫語錄》裡（《石濤畫語錄》（聯貫出版社，1973，台北），版權頁作者只署名道濟（石濤出家後的法名），未列出註、釋之人。），才勉強解困，因為此書不但有原文與註解，還增添了詳盡的解說，讓程度不好的我，有了親炙大師精髓的機會。

從「壹」推演出編輯理論

石濤倡議「一畫」，他開宗明義的一段文字，給了我一把打開康定斯基謎底的鑰匙：

「太古無法，太朴不散，太朴一散而法立矣。法於何立，立於『一畫』。

一畫者，眾有之本，萬象之根；見用於神，藏用於人，而世人不知，所以一畫之法，乃自我立。
立一畫之法者，蓋以無法生有法，以有法貫眾法也。
夫畫者，從於心者也……。」

他的開場白，同時也敲開我日後「學編輯」的門。當我讀到「儒學大師」杜維明說他和「管理大師」彼得．聖吉（Peter Senge）相遇時得到的啟發，他的啟發也啟發了我：（引自《天下雜誌》第三二六期（2005/7/1出版〈當「儒學大師」遇上「管理大師」：杜維明VS.彼得聖吉的共識〉一文，採訪／狄英．宋東。）

「聖吉給我一個以前沒有想過的思路：就是怎樣讓沒有結構，成為一種新的優勢。這個想法是比較接近道家的，講究『樸』，一塊木頭有無限可能性。……他的這種想法表示，即使你完全被打散了，也不一定是禍。因為『打散了』不見得是out of control（失控），而表示可以在另一個領域裡有新的integration（整合）。」

我把杜大師的話斷章取義放在這兒，雖有違他本來旨趣，但和石濤的話放在一起，卻收相互發明之效。原文中，他觸及的問題極其深刻，大家不妨取來細賞，必大有收穫。

隱隱約約地，石濤的話觸及了靈魂深處某種情愫，引導我從有限的知識與經驗裡，追索「壹」從形而上回歸現實（編輯生涯）時的「人間意義」。一方面，嘗試由世俗層面引進「完整的概念」（壹）並認知其重要性；一方面踏實領會石濤倡議「一畫」的真正精神在打破常規，出奇制勝，強調的是出神入化，所謂「『至人無法』，非無法也；無法而法，乃為至法」，他很自負的說：「我之為我，自有我在」。

於此，「太朴」（樸）這原始狀態的「壹」，充溢靈魂。

我開始謹慎地向自己提問：

「在編輯流程之中，『壹』會是什麼？或以何種形式呈現？」

譬如，假若書系概念是壹，它是怎麼形成的？我們該如何完成它？怎麼節制它的範疇不致溢出？又怎麼豐富它的範疇而不致貧瘠？

壹，既是完善呈現時間串接的藝術，當然更是將空間組合到「恰到好處」的美妙表達。既然能從一條線看到一尾魚，憑什麼不能從「壹」推演出編輯理論的極致？

百花齊放的「花園主義」

對編輯而言，「壹」是什麼？壹若是「太朴」的現實呈示，那「太朴」會是指導性的、抽象理念的一種？若將壹比喻成「未被鑿孔挖竅的渾沌」，編輯即是那愚蠢而宿命地必會發生的動手開鑿的人？從源始溯本，壹是璞玉，壹是渾然天成，壹是壹，壹是始，壹是終，而編輯則是被賦予解構任務的人。

工作之中，我不斷思索「壹」在那裡？怎麼得到的？如何解讀？與周邊關係的描述？能切割嗎？用什麼內容表述出它完整的內涵？……一旦開始追問，在追問的過程中，答案不斷湧出，「豐富的內容」就這樣形成了。

也許仍有人疑惑：這太扯了吧，跟「編輯」何干？

我的回答是：不但相干，而且大大相干。

不如再換個方式說明：假使將「城邦」定義為壹，壹背後的指導理念則是「花園主義」，在「花園主義」大理念下，允許一個百花齊放的準競爭生態的生長環境，因此誕生出更多獨立奮鬥的「小壹」，它們也遵循遊戲規則，去進一步詮釋它壹的內涵，當然，這個「小壹」絕不能自外於外界生存環境，必須留心自己的核心競爭力及優勢地位的估算，否則隨時被踢出競爭圈而不自知。每個「小壹」自當擬訂它自己的競爭策略——而充滿戰鬥意志力的「小壹」，使城邦更為茁壯。

由此推論，假使將「遠流」或「聯經」、「時報」、「大塊」、「天下」……定義為壹時，我們將如何看待這些出版集團？這堂課可是一大挑戰。

壹，有時像阿米巴變形蟲，它沒有固定規則能予規範；有時，當鎖死它的意義時，順藤摸瓜，似乎輕鬆取得佳績；有時它是領域（範疇）的經營，有時是電光石火似的一閃；有時它是空間，有時它是時間，有時它兩者皆是。有時，它單純到只是一個「任務目標」，有時它繁複為一連串變化的積累；有時它會停滯，有時則不停長大；有時只是個夢，有時是一步步精密的計算。

有時，將它和「方法論」連繫起來，變成一套好用的做事準則。

無所不在的「壹」

假使，你是一本雜誌或書系的主事者，你很快發現：完整的一頁是壹；雙頁組成的面是壹；一篇篇文章是各自獨立的壹，裝訂成冊仍是壹；一期是壹，一年（十二或二十四期……）也是壹；一塊石頭是壹，由眾多石頭組成的橋拱是壹；主導雜誌或書系的理念是壹，從理念出發，衍生出的詮釋產品還是壹；台灣出版是壹，上海出版是壹，香港出版是壹，華文出版更是壹；小說是壹，武俠小說是壹，羅曼史是壹……。

所以，壹，什麼都是；壹，無所不在。更有趣的是逆向反推：當「什麼都不是一（非二）」時，反而偶有「發現桃花源」的喜悅。把話說得這樣靈活，目的只有一個，不把自己釘死在一種解說上。

有人編輯這行幹久了，曾提出「編輯哲學」有無存在及建立的可能性探討，依我個人體驗，這個方向值得努力，倘若有人不怕燙了手，似可上一趟井崗山，做個開山祖師爺。

既然「壹」的內涵包羅萬象（樸＝無限可能），操持解讀奧秘的人，便擁有尋索「壹的函數意義」的權利，萬一做對了，套句流行語，這就叫「贏在起跑線上」。

打從我發覺「壹」的那天起，隨時牢記這公式：

「壹是什麼？等於多少？」

這個公式也可以寫成：一乘X等於什麼，至於這個X代表可代入任何可代性的函數，使公式更為清澈，但為了簡化的目的，我放棄了它。

多半的時候，我把這公式視作「有機整體」來理解，我認為，只要理清源頭，答案就佇立在「燈火闌珊處」。

千言萬語，不如舉例。實例固然淺俗而笨拙，但不如此獻醜，就難以明白過程是如何推演成「型」的，否則，繼續空洞描述，只會陷入文字迷障。

時報美洲版副刊的經驗

一九八二年，我在詹宏志等熱心朋友推薦下，進入《中國時報》美洲版籌備小組，擔任副總編輯，負責美洲版所有副刊籌備工作。

當時的主要競爭對手是《聯合報》的海外版《世界日報》。《世界日報》是一份很有歷史、也是海外華文第一大報，我們除了硬碰硬，難有捷徑。籌備期間，天天研析它副刊和小說版的優缺點，苦思突破之道。

不久，終於讓我發現它的薄弱之處。他們所有副刊版面雖有專人負責，但因依附在《聯合報》對應的組織體系下運作，缺乏獨立性格。以副刊為例，「世副」歸屬「聯副」主編統一指揮，好處是事權合一，壞處則因「世副」長期沒有競爭者，所以早已失去競爭意識，編副刊成了例行公事，因此「世副」像是一塊剪貼版。我們則不然，全屬獨立行事、虎視眈眈、充滿鬥志、急於證明自己實力的一群人。

光從這個角度審視，強弱立判。而「世副」另一個弱點則是內容缺乏整體規劃，因此根本談不上「編輯力」，我以為在敵明我暗的形勢下，勝算應該不低。

但不能為眼前小贏而滿足，更重要的是建立優勢，遠拋對手，短期內讓競爭者連「怎麼輸」和「為什麼輸」都弄不清楚。「壹」理論，終於有用武之地了。

但副刊的「壹」怎麼「定焦」？此時此刻的「壹」又是什麼？等於多少？

我們終於找到突破口，確立了「壹」的核心價值所在：

——把副刊的「壹」視為「三十」，當成三十頁的月刊辦。

也就是說，將「人間」（副刊刊名）定位為美洲中文報業史上最鉅型、最具水準、每月一期、圖文並茂的「壹本文學雜誌」。在試報和廣宣階段，刻意傳遞給讀者全新的印象，他們在訂閱報紙的同時，得到跟報紙一樣大小、每天提供一萬五千字、整月可裝釘成厚三十頁、約四十萬字、內容豐富的高水準雜誌。

跟著而來的，「壹」由此衍生多種變化。首先，從時間端觀察，產生每天、每週、每月、每季、每年——但以「月」為主旋律的節奏。其次，從空間的切割處理來看，以月為周期（壹）的設計，使得內容安排有了新的考慮。

譬如說，企劃「No.1（Excellent）」專欄，從文壇蒐尋多年來最令人感動、擲地有聲的文章，再從中精選十二篇，每月定期刊出一篇，以饗讀者。第一篇推出了王孝廉的〈春帆依舊在〉，引起很大迴響。

有了「月特稿」，還有「週專欄」，以及一波接一波的「專題企劃」，名家作品聯展，中、長篇小說連載等等，我們甚至固定在月初刊登讀者來函做為互動、不斷推出內容快報，吸引人氣；版面處理上，刻意增強圖文比例……，一份號稱「美洲第一份精緻副刊」就這樣誕生了。

繁複多變的「壹」

小說版的做法亦然。

對手的版面中規中矩，每天有九篇等量的長篇連載小說刊載，——我們的挑戰來了，要如何破解這九篇小說組成的「鐵板一塊」？

同一組人絞盡腦汁，找不出致勝之道。直到最後期限前二天，才福至心靈，在塗寫得亂七八糟的版樣紙上，忽然瞧出版面中間的「大塊空白」——於是所有問題迎刃而解。

找到的答案極其簡單：減少連載篇數，擴大中間空白，然後將時間的「壹」，由一天變更為六天（週日不出報）。只要節奏、篇數、空白產生變化，很自然的，內容也起了質變，除了四篇不同類型的長篇小說連載之外，我們塑造新的特色：在傳統刊登長篇連載的版面正中央，嵌入「一週（六天）完」、一萬八千字的中篇小說連載，再天天配置插圖，加強可讀性，並刻意細分各種類型小說，來滿足不同需求的讀者。

一座天險又跨過去了。那時，銘記於心的口訣是：

「他有的我要有，我有的他沒有。」

將石濤的畫論經過如此「形而下」、瞎子摸象式的錯用，幾乎是用褻瀆的方式成全編輯的工作使命，如今回想起來為之汗顏。

但你讀到這裡應當發覺，什麼「型」、「脈絡」、「整體／局部」、「拱橋／石頭」以及信裡各種大小推論……等，都脫離不了「壹」的框架；把我說過、寫過的話置入「壹」的情境內來理解，就不易錯讀本意。

「壹」的道理雖然簡明，應用起來卻繁複多變，在未來的日子裡，我會繼續用笨拙的筆，敘述曾走過的路、路上所遇到的困境和成敗因素的深刻反省。

8 壹與多

書系這個出版形式，不管你是贊成或是反對，它已經和台灣出版界血肉相融了。書系精神發揚到極致時，就是「領域的佔有」。

做個「夢想實踐家」

世界上有很多城市在城區一隅或其近郊，設計趣味性的小迷宮取悅市民，供闔家消遣休閒之用。

一個迷宮公園是如此，但若同時有一百個大小不等、難易不同的迷宮建築群聚在一起，將給人怎樣的觀感？

這就是「壹」與「多」對比意義之所在（在這裡我把「壹」視爲純粹的「數值」，徹底量化了）。你不覺得編雜誌和出版書籍時，這番道理也同樣可用？

構想中的「迷宮城」，就是提供給缺乏特色的地區和城市，如何跳出框框創造出「與眾不同」的新貌，展現「致命吸引力」的方案。我先將編輯之事暫擱一邊，把構思中、迷宮的夢幻世界做個交代，然而再回到本題。

進入實質內容研析之前，先繞個小圈，說個故事。

上如此寫著：《乖離與怪利：異端概念創造主流市場》（Ryan Mathews著，李芳齡譯，2004年3月商智文化出版）

「有一片從冰河時期荒蕪至今的沙漠，……在夏天，熱到長程旅行會使汽車的輪胎融化。人煙稀落，只有賭博在那裡是合法的，但光顧的只有附近軍校學生，以及偶而前來拍攝西部片的演員。

一九四五年，出生於美國布魯克林區的流氓『瘋子席格』跳下座車，站在沙漠的一個路口，突發奇想，決定在這兒建造一座豪華賭場。

世界第一個賭城拉斯維加斯就這樣呱呱墜地。

二〇〇〇年，內華達洲的稅收，一半來自拉斯維加斯。」

這是「賭場結市」的傳奇故事。但一間小賭場變成一百家小賭場，本質上仍然是小賭場。

一九六〇和一九七〇年代，希爾頓（Hilton Corporation）公司接手整頓，注入更多商業要素，和犯罪集團徹底脫鉤，在許多新投資者共同努力之下，將拉斯維加斯轉型成「家庭主題公園」（儘管有吃角子老虎和賭輪盤），成了老少咸宜的遊樂去處，築成一個引人入勝的美國大夢。

還有比這說明「壹」與「多」之間關連更好的例子？

我們不妨放肆一下想像，在空曠的內陸大西北荒漠地區任意馳騁一番，或許正好見到大片大片人煙稀少的黃土瘠地空廢在那兒，卻苦缺資金開發，倘若你突發奇想——決定在「南水北調」的大契機下，構築一座世上獨一無二的「迷宮城」，人家會怎樣看待？

把你視為「瘋子席格」抑或「夢想實踐家」？

編輯的另類觀點

假設「迷宮結市」這個企劃構想真被認可，嚴酷的挑戰才算開始。

在推動工作使命時，我是個「階段論」者——不同工作階段需要不同的思維與決斷。

當「企劃構想」還未出現時，構想能否成案乃是首要之事；一旦成案，則如何貫徹「執行」、使它落實才是最緊要的大事。所以，當你有了實踐大夢的機會，如何將它一步步兌現？

第一個橫亙在你眼前的障礙，即是資金何處覓？

你要告訴「資源擁有者」，你的企劃案裡「大利多」奠基於何處？你靠什麼去說服「資源擁有者」信任你對未來願景的描繪？錢在別人的口袋，你怎麼讓人家掏出來投資可能血本無歸的未來？

我必須誠實的說，太難太難了。現在，你的功課來了：

——假如你是「迷宮結市方案」的發想者，會怎麼做？

我試著提出一些未必成熟的想法，這些想法並不想引導你「相信」，而是希望因此激發出你的「解決對策」。

所以，不論我說得多麼理直氣壯，仍請你保持質疑之心，若是我的論證過於簡略，那就更需要你的真知灼見了。

「迷宮城」的計畫

為了預留給讀友最大的思索空間，我以虛擬（假設）語態，說說我的想法。

假使我是「迷宮城」的發想人，我會提出一份企劃案（或是一紙〈簡明說帖〉），讓有興趣的投資者，用最短的時間來理解企圖心與利益所在。

假使我是構想的執行者，我會想怎麼做到「花最少的錢成就最大事業」？譬如，怎麼取得免費或價廉的土地？怎麼爭取到政府最優惠的政策？

假使我負責推動這個案子，所尋求的合作對象應當放諸四海，努力引進國際資金。如果要想引入國際資金，就必須創造出什麼樣的「致命吸引力」？人家為什麼要來投資？

這「致命的吸引力」千萬不要視之為「餌」，全天下的投資者都不是簡單人物，所以給出的是看得見、計算得出的實惠。

假使我在大西北最荒涼的地區，取得極大一塊無償使用七十年的土地，三十年之內免徵任何稅金，而所有基本公共設施全由政府負責建好。只要你來共襄盛舉，共同打造一座世界唯一的「迷宮城」。請問，資本擁有者會不會因此動了心？

假使誘因仍嫌不足，是不是由國家出面保證，並以國家之名結合地方政府，舉辦「世紀迷宮設計大賽」，獎金由國家概括承受，得獎作品可在迷宮城內按圖建造，成為景點。

假使我是地方首長，我會想方設法，提出由簡入繁、由容易到艱險的一百座迷宮設計預留地的規劃藍圖，分年分區逐步開發，最後建成一座世界唯一、且逐年增益的迷宮大城。

假使——，假使這個構想引出你的興趣，我誠摯建議，不妨由你完成企劃方案，將它在人世間實現。

編輯的「壹與多」

我們從事「編輯工程」的人，其實也在運作相同的概念。當壹只是純粹的數量概念，一百個壹、一千個壹、一萬個壹、……一千億個壹……聚集在一塊兒，那是什麼情景？

記得第一次讀到嚴靈峰所著的《易簡原理與辨證法》時，立刻被書上的辯證法中所舉「壹與多」的例子吸引。

用一塊錢不停地、無限制地累積。剛開始計數時，我們很容易說出它的數目，但在積累的過程中，這筆越來越龐大的金錢，在某一時點，突然有了新的名稱——資本。

這即是辯證法中非常有名的三個基本定律之一：從量變到質變的「質量互變律」。

因此，在編報紙副刊、雜誌和書籍出版時，我也曾經擷取它的精義，融入編輯工程的細節。

既然我明白數量的變化，會帶來「新生事物」，一旦手握編輯大權，為什麼不玩上一玩？「數大就是美」這句流傳於世的準則，不也間接佐證了此一價值觀？

譬如書系，即是「壹」與「多」理論在形式上的實踐。

書系這個出版形式，不管你是贊成或是反對，它已經和台灣出版界血肉相融，再也割棄不了。

它的特質即在從單一書籍內容看出類型的開展，進而認知我曾再三強調的、書系精神發揚到極致時的「領域的佔有」。

想想看，一本具經世致用價值的《縱橫學讀本・《長短經》白話語譯》孤零零上市，它的生命力當然遠不如納入「實用歷史」大概念下那樣厚實、長遠。從單一的書的存在，躍昇至大概念的統攝，這是當年編輯力的一大進步。

遠流出版的「實用歷史」充份說明書系價值和「壹」與「多」理論的完美結合，可惜後來沒有積極投入資本用力經營，白白浪費掉大好機緣。

我在主編「臺灣時報副刊」時，也悄悄將「壹」與「多」變身一用。

初接副刊，頗思表現，但這份報紙的主要影響力在南部高雄地區，和首善之地——台北的兩大報《中國時報》《聯合報》相比，無論在財力或人力方面均難相頡頏，在劣勢條件下，該怎麼出奇致勝？

我一項項列出欠缺競爭力的弱點，最後覺悟到這些弱點恰巧是打造「一新眾人耳目」的優勢所在。

還是舉一、二實例來說明吧！

找到屬於你自己的「壹」

副刊版面上，三不五時總會刊登新詩，通常所用版面不多。但愛詩的讀者每每嫌其數量少而版面小，不喜歡新詩的讀者，又每每嫌其數量多而版面大。

在我主持編務的頭一年，特地向總編輯蘇墱基報備，請他向報社當局通融，允許我每個月的最後一天，以整塊版面推出報紙副刊「**有史以來第一份**」詩雜誌（刊中刊），這是大報副刊主編不敢做的。

在他的支持下，我以「壹」年為期，懇託四位詩人，一季一輪出任主編，所有內容均委諸其手，我們編輯只負責後勤支援和稿酬支付。

這份詩刊推出之後，當可想像在詩壇贏得的好評——把三不五時選刊的一首首小詩，在月底集中起來，織成十二幅詩繡，你認為誰是贏家？

我又將「壹」量化為「年」，將一年分割成十二個獨立體思考（一變成了十二），於是根據節慶、社會定期活動及並結合文壇秀異之士，陸續運用類似雜誌編輯的「專號」製作，推出各具特色的企劃專題，例如：

．四月四日是台灣的兒童節，我們製作了「童話月」。

．陰曆七七，是「中國情人節」，推出「愛情月」。

．「金馬獎」舉行的月份，有了「電影月」。

另外，針對兩大報「小說獎」揭曉，我們早早相應舉辦「挑戰擂台」，刻意將截止日期延到他們結束之後，在十月底開始密集出擊「小說月」。

過程中，果然攔截到一篇他們評審失察的小說作品，後被收入爾雅出版社當年的《年度小說選》（詹宏志主選），大大的揚眉吐氣。（那一年，我們入選了兩篇小說，真是開心。）

除此之外，還有「推理小說月」、「科幻月」，以及籌備中更具野心的類型小說展等等。

由壹而多、同性質文稿的集中，使所主編的副刊別具一格，將自己的弱點轉化為競爭者無法以相應基礎比較的特色，這固然有取巧的地方，但在資源不足時，倒不失為另類的生存之道。

因為沒有充足的人力，只有分享編輯權，而這結果是以一化十，整個副刊經常有三、五個不同文類的文友在外邀稿，使我們氣勢大盛，再也沒人敢忽視。你說，這由壹而多的「弱者生存術」，好用不好用？

東拉西扯，從迷宮談到副刊編輯，不外乎繼續闡述「壹」的現實運用，「壹」不是鐵板一塊，它是利刃──用得好，困難迎刃而解；用擰了，事倍功半，只能徒呼負負了。

最後，我想問的是：

「你找到屬於你自己的『壹』了嗎？它的『多』是什麼？」

9 不競爭原理

我這個人一直是退三步、退五步。先看三、五年後做什麼，才來看今天應該做什麼。

發現出版的「藍海」

由於一本轟動全球的暢銷書《藍海策略——開創無人競爭的全新市場》（金偉燦、莫伯尼著，黃秀媛譯，天下文化，2005/8/1出版。）熱賣，成為大家的話題，《聯合報》還為此寫了社論，不少雜誌闢出篇幅請學者專家座談探討，有些性格積極的出版社老闆，為了提昇競爭力，也急切地在編輯會議大聲詢問：

「我們的『藍海』在哪裡？」

有位曾經共事多年的出版界小友，在電話上描述會議內容後，笑說：

「我讀了書，發現和你經常掛在嘴邊的『無人地帶』的概念像極了，當年的遠流出版公司不就是這樣崛起的嗎？」

《藍海策略》的精髓，一言蔽之，即「跳脫傳統血腥競爭的『紅色海洋』及零和遊戲，創造無人競爭的市場空間，追求嶄新的『藍海』商機」，以贏得勝利。

作者金偉燦和芮妮揭示的「藍海策略四法則」，值得牢記於心：

法則一：努力開創「沒有競爭的新市場」。

法則二：不與對手競爭，使競爭變得無關緊要。

法則三：創造「新需求」，透過成本控制，持續追求領先。

法則四：追求「客戶獲得高價值」與「產品低成本」。

從這個角度切入，的確和歷史學家孫隆基教授提出的歷史發展規律之一的「**開發無人地帶**」（引自孫隆基教授《歷史的鳥瞰》書中〈勢力均衡場論〉）理論頗有契合之處，回頭省思遠流成長史，其初期階段的發展策略，與之近似。

結束談話之前，他建議我將遠流「由小變大」的歷程整理出來，用「藍海策略」解讀一遍，即便這些「歷史」已是常識，甚至過氣、無用，也算功德一件。

用能力比我強的人

沒錯，遠流的崛起，確屬異數，視之為奇蹟也不為過。一家面臨生存危機的公司，居然在短短一年多時間，不但轉危為安，而且還因此蛻變成當時觀念最新、最具企業規模的現代化出版機構，你說，是不是很不平凡？

但，「奇蹟」的發生，依然有「跡」可「尋」。

我還記得流傳於遠流的一則軼聞，老闆王榮文曾在某特殊場合問一位親信：

「遠流能有今天的成果，成功的因素是什麼？」

這位年輕人正小心思索答案，王榮文不待他回答，立即打斷他的思路，坦率的說：

「因為我能『用能力比我強的人』。」

壯哉斯言！

遠流崛起最大的秘密，就藏在這句話裡。

也許有人會問，用人和「藍海策略」有什麼關係？有，當然有！你不以為做老闆的王榮文捨文壇赫赫有名的眾家好手，而獨獨垂青於年不滿三十、瘦削體弱、長髮披肩、上班吊兒郎當、經常如神龍見首不見尾的詹宏志，將處在危險時刻的公司未來全寄託於他，這不就是一次在「人才藍海」覓才的大冒險？

王榮文若是沒有慧眼識英雄——找來詹宏志，遠流的發展恐怕是另一種景況；換言之，詹宏志若沒登上遠流所提供的舞台，他的人生趨向和成就，也不是今日的風貌了。我一直認為早期詹宏志和王榮文惺惺相惜、百分之百的信任與充分授權的故事，是「千里馬與伯樂」的現代樣板，主客相融的合作關係，發展出獨特情誼，當彼此相互吸引時，打造了傳誦迄今的佳話。

詹宏志的人格特質非常獨特，我相信未來一定有不少專文、專書研究他，我在這兒只陳述一項很少見的、放諸出版界也幾乎無人出其右的性格：他擁有吸引、聚集人才的特殊能力。

簡言之，他在哪裡，人才就往哪裡集中。

發展是硬道理

因為常常只有詹宏志，聽得懂那些心懷獨特理念的年輕朋友的夢想，並從他那兒得到支持；他集合各類人才，允許他們去追求自己的目標，巧妙的將這些散漫的力量集束成一股（壹）——在遠流快速擴張時期，一幅充滿彈性和看不到疆域極限的「出版地圖」，就在他心版悄悄地、不斷修飾繪製。

由他領導的時候，你不會覺得有什麼限制，只要你提得出願景而經他深思評量過的企劃案，都能得到全面支持。所以，放眼看去，人人都在為「證明自己」而元氣淋漓的活著，處處迸發出生命力；一旦失去他的領導，公司便如缺水的花圃，光鮮不見了，也少了工作的樂趣。

他在的時候，你會深信「**發展是硬道理**」是顛躓不破的真理，經營規模好像沒有邊界似的；走了他，才驀然驚覺，處處碰壁，事事有了規範——這個情況，我稱之謂「**天花板現象**」。意思是說，當他還在遠流時，沒人能預測遠流的成長極限；等他離開了，我們很快看到：天花板原來就在頭頂上（詹宏志已離開城邦出版集團）。

總結的說，遠流的崛起，種因於了不起的老闆，慧眼獨具，禮聘彷若身處邊緣、與眾不同的秀異之士（elite）詹宏志出任總經理——他帶來人、觀念、視野、新的價值觀、新的可能性和少有的執行力。

王榮文沒在「紅海」中去擇選功勳卓著的人作為事業夥伴，他向「藍海」取才，尋找能同時解決今天的問題和勾劃明日發展藍圖的經營專才，這個抉擇引發的大變革是：他物色來的詹宏志徹底顛覆了當時出版界的競爭生態，並對出版內涵提出新的定義、新的願景，奠定了新遠流的發展基礎。

在不足與外人道的「慷慨承諾」和對市場精準計算下，詹宏志勇敢踏出第一步。他化舊為新，用新概念重新包裝久置王榮文抽屜的書稿，密集推出「大眾心理學全集」，果然席捲書市，成了當紅話題。（有些事除非當事人說出來，當不容旁人說三道四。）

遠流找對了人，這個人也做對了事。

檢驗「詹式兵法」

用「藍海策略」四法則來檢驗當初的「詹式兵法」，幾乎完全吻合：

①**他運用了全新的出版形式「書系」，以清楚的出版理念和出版計劃。**並看準巨型連鎖書店（金石堂書店）剛剛出現，書架空盪盪地急待各種書籍填補的「空隙」（藍海），他採取強勢的「量產策略」，一口氣推出四十種新書，配合廣宣，迅速佔領書店最佳、最大、最多的書架。

②**所推出書系的類型，他避開了主戰場，捨文學而就應用科學。**在那些領域裡，沒有強有力的挑戰者，以快速形成的規模，霸氣十足地「獨佔」市場，換句話說，撫劍四顧，竟然不見對手（萬頃藍波我獨游）。

③**創生「新需求」**（藍海）。**完全做到成本控制和無人能及的領先地位。**像「大眾心理學全集」、《柏楊版資治通鑑》等大塊頭企劃案，在那年頭可說

是石破天驚的豪邁之作。

④**市場大餅做大了，書的印量也跟著增大。**

因為滿足了讀者（客戶）需求。各種成本立刻降低，利潤快速累積，使經營體質日趨茁壯，如初昇旭日，冉冉而起。

我們在這裡用「藍海策略」重新詮釋遠流崛起，究竟有沒有「現實上」的參考價值？

當然有。因為在觀照歷史成敗的過程中，雖然不能複製經驗，但相應於當時的背景和處境，仍然能給我們一些啟發——至少，寶貴的第一課，教導我們的是：「得人者昌」。

《追求卓越》一書作者湯姆．畢德士在近著《重新想像》（（廖建容、王岫晴譯，天下文化，2005/3/1出版）第二十章〈老闆的首要任務：二十五條人才法則〉）中疾呼：「把『人』擺在第一位。將尋求人才置於所有議題之上，全力追求人才……為人才而瘋狂。」

他還認為：「人才經營是一天二十五小時、一個禮拜八天、一年五十三星期都在做的事……而人才最有可能來自那些不隨波逐流的人、異議份子以及造反者。」

遠流因一詹宏志而興起，少了他，那將是什麼樣的出版社？甚至可以這麼說，因為他，台灣出版界開始變得生氣蓬勃，活力四射；我常說，且不論你喜歡他與否，他引領台灣出版界提前成熟，逼迫大家及時去理解面對真正企業競爭時所需的知識、觀念和事業規模，在這一層意義上，他不但不是傳統出版人眼裡的「既有秩序破壞者」，更是迎接現代化出版世紀來臨的催生者：一個啟動變化巨輪的重要推手。

以開發替代競爭

尤其重要的是，詹宏志將「策略觀念」導入出版業。

當時，那些深具影響力的重要出版社老闆，多半是「寫而優則出版」，他們集知名作家和編輯人身份於一身，結交當代響噹噹的小說作家、散文作家、詩人……等藝文人士；出版是志趣的延長，出書也偏重於「出自己喜歡的書」，基本上以「人脈（藝文創作者）經營」為主，形成初具競爭型態的圈子，整體規模與產值不大，整個文化產業尚未進入商業競爭機制可以操作的階段，但隨著社會大腳步開放，種種政、經限制也隨之鬆綁，長久潛藏於社會的各種能量一一噴出，敏銳的人必已感覺到一個全新時代的來臨，這個新時代也必然帶出無限商機。

所以，當詹宏志接受王榮文全權委託，重整遠流，他沒投入殺戮戰場（紅海），他避開競爭，選擇沒有競爭者的領域（藍海）去開疆闢土。

我們在那時歸結經驗，綜合孫隆基教授的「開發無人地帶」理論，喊出「以開發替代競爭」的口號，每年規劃一至三個新書系，入據不同領域，奪取領先地位。

遠流就是這樣長大的。

傑出的人才加上嶄新的策略，使遠流有了不同於競爭者的面貌，出版界的「遠流模式」或遠流內化的精神，即是奠基於此「不競爭的競爭」原理（說穿了就是老莊），所謂「藍海策略」的真諦，豈不剛巧佐證了它的發展史？

兩個領域之間

在「不競爭原理」中，我引用許多「名人」的話，因為我不可能把悟出的道理，說得比他們更好。這些「引述」，在我看來，全是開啟「藍海之門」（開發無人地帶）的鑰匙，沒有人能明確而具體告訴你，眼前的藍海是什麼，但我相信，它不會躲在你看不到的地方，而且往往就佇立於眼皮下，餘光瞄得到的角落。

或許，從他們的言語之中，喚醒了你「創新思維」的因子，而得以好整以暇，悠遊於寬闊的藍海之域。

先介紹一位大師級人物，他就是從一九九六年開始，與西洋棋世界冠軍卡斯帕羅夫比賽，以三．五比二．五的總比數獲勝的電腦「深藍」發明人許峰雄博士，他在接受《天下雜誌》孫珮瑜小姐訪問時，說了一段發人深省的話，請大家儲存在腦子裡，一旦發酵，收穫無窮：

「我跟台灣的教授聊，發現台灣研究經常是一窩蜂，感覺誰掌政、誰喜歡看哪一種論文，就只有那種計劃可以拿到經費。但是，所有的人都做同一件事情，就違反了多樣性。

台灣要想自己跟別人有什麼不一樣，要做不一樣的東西。先看清楚自己有什麼強處，有的時候即使別人已經卡位了，但是你把自己的強處搬到那裡，還是有勝過別人的機會。我一直強調多樣性，因為研發的機會，經常在『兩個領域之間』。

已經很專的領域，有兩條路可走：把原來的領域弄得更專，看得深一點，就會發現還有蠻多事情可以做；或是把原來的專長拿到別的領域看看，搞不好有很多機會。

『深藍』就是一個例子。基本上，我從另一個領域過去，然後把原來的人

『殺』掉了。」（見《天下雜誌》第326期（2005/11/5出版）訪『深藍電腦』發明人許峰雄博士：不要深藍，不要深綠，要多采多姿）

遠流的【大眾心理學全集】

「兩個領域之間」很可能就是「藍海」藏身之處。但進一步說明之前，我抄錄法蘭斯．約翰森（Frans Johansson）在新著《梅迪奇效應》（Frans Johansson著／劉真如譯，2005/10/1，商周出版。）裡的一段話，放在一起參照：

「我把不同領域交會的地方，叫做『異場域碰撞點』（Intersection），而異場域碰撞所爆發出來的驚人創新，稱為『梅迪奇效應』（Medici Effect）。梅迪奇是義大利佛羅倫斯地區（Florence）的銀行家族，資助過眾多範疇的創作家，因為這個家族和另外幾個家族的努力，雕刻家、科學家、詩人、哲學家、金融家、畫家和建築家匯聚佛羅倫斯，在這裡彼此交會、學習，打破不同範疇與文化的界線，合力打造了一個以新觀念為基礎的新世界，後來叫做『文藝復興』（十四至十六世紀）。」

請留意：當觀察事理變化的理解能力達到一定高度時，大家的看法是如此貼近，不約而同地，點出了困於茫然無序時的出口。

回頭再看詹宏志策劃的【大眾心理學全集】時，他有意無意地擴大了心理學的涵蓋層面，他以心理學為軸，將其他範疇的應用知識做了開放性納入，從書系的總目錄便可看出，他明快地將觸及人性面、組織研究……等與企業經營領域相關的專著也一併納入。一方面，迅即解決因應「量產」而導致稿源不足的問題；一方面，因擴大解釋範疇而使讀者群隨之快速增長。詹宏志在「兩個（以上）領域之間」搭建起橋樑，開創出一家出版社的新局面。

再舉詹宏志另一場經典戰役：當他和事業夥伴在創辦電腦雜誌《PC HOME》時，以「外行人的立場」仔細觀察分析當時的電腦雜誌界，發現「懂」電腦的所謂專家們，在介紹電腦基本觀念和操作程序時，缺乏耐心，不肯傾囊相授，不自覺中流露出來的「傲慢和怠忽」，剛好給人可趁之機。

於是，詹宏志他們以「step by step」的內容編輯方式為主訴，一個動作一張圖片，要讓完全不懂電腦的人只要照圖操鍵，即可暢行無阻。

《PC HOME》創刊時，喊出「無痛苦學習法」，配合詹式行銷創意，創刊號熱銷十四萬冊，在不到一月之間，爭取到超過四萬訂戶（據說最後訂戶高達十萬），打破了當時電腦雜誌月銷量一萬份的瓶頸。他和許峰雄一樣，「從另一個領域過去，然後把原來的人『殺』掉了」。

沒有永遠的藍海

我在遠流策劃【實用歷史叢書】時，背後所運用的原理完全相同，只是外頭看熱鬧的人，沒看出我在進行巧妙的「複製工程」。

我讓「歷史」與其他範疇不斷碰撞，因此激出多樣性的歷史著作。歷史，理應容許各種觀點予以新的詮釋，其結果是獲得更多養份的滋潤，從而創造出豐富的內涵；而詹宏志「產銷一體思考」的獨家心法，我們悄悄將其植入「實用歷史」初試啼聲時的行銷思維之中，結果大獲全勝，這個模式最終締造出數億元規模的業績。

目前，這兩條路線仍在遠流活著，但已不如早期那樣活蹦亂跳，探索原因，除了大環境的變遷因素之外，當家主事者，對當時為什麼能脫穎而出的脈絡意義未能精準理解和掌握，如能再三反芻這段遠流成長史，重新佈局，或許尚有重拾藍海優勢的機會。

不過，在一片沉迷「藍海策略」的風潮中，《數位時代》第一百一十五期

（2005/10/1）刊登的一篇文章：〈在集體憂鬱中，嚮往藍海！——對暢銷書《藍海策略》的另一種解釋〉，作者吳向前冷靜而客觀地借科技公司總經理之口，提出質疑和評論：

「所有的紅海變『紅』之前，不都是藍海嗎？」

這句話，問得太好了，一針見血地道出「藍海策略」困窘所在。

我常使用「獨佔、獨大、搶（分）食（撿拾餘羹）、出局」四種現象（階段）來形容書系的生命週期，現在似乎也可用來檢視「由藍轉紅」的質變過程，據此評估你的藍海，在現實世界裡所佔的位置。

剛開始時，只有「獨佔」的領域（清澈的藍海）才能吸引我們投入；不久，跟隨者逐一出現，於是進入「獨大」階段，但這時候我們仍擁有領先優勢；但競爭者若不斷修正戰術，而我們卻掉以輕心的話，很快的就會跌入「搶食」的苦況，淪落嚴酷的大紅海中，失去原有的影響力；若再失足，大好江山只好拱手讓人了。

以遠流當年獨領風騷的這兩大板塊「心理」與「歷史」，目前究竟處於上述那個階段，以及如何恢復優勢的領導地位，重回藍海，確是一個有趣的課題。

有心者處處是藍海

以上所述，雖可作為「他山之石」供人參考，但老是用舊的例子來佐證理論，難道找不出新的藍海嗎？

的確，書市已經這樣擁擠，那還找得到什麼藍海。

有位肩負某出版社行銷責任的朋友，在給我的mail上，也反映了相似的看法：

「……你們早年所處的時代，是『最美好的時光』，根本活在大藍海中，每個時點都充滿商機；那像現在啊，處處書滿為患，遍地紅海，幾無立錐之地。過去的成功經驗，放在今天來看，意義有限；當你面對超出常情的退書堆中時，什麼紅海藍海，全成了俏皮話了。」

這些話說得似乎很理直氣壯，但依我在出版界近三十年經驗，這個行業從來沒有好做過，年年都有成千上百新出版社冒出來，能活下來的本來就屈指可數，不同的世代有不同的難題，不同的難題自有不同的人才找到解決方案；每個年代，自然而然會型構那個年代的新思維和新的（找到藍海的）生存之道；——對自認為「身陷紅海」而束手無策的職場好手，我們既無力、也輪不到我們「不自量力」地提供解答，真正的解鈴人，不就是仍在職場孜孜不倦、奮戰的你嗎？

「藍海」究竟還存不存在或「躲藏」在那個角落，正是所有業界日思暮想的夢土，我很同意一向為我敬重的「早安財經文化公司」總經理沈雲驄的話：「**我一直相信，台灣的出版界，仍然處處是藍海。**」你說說看，出版人要是少了這番自信，豈不早該轉行，跟這行業道別了？

我也是忝為不可救藥的「樂觀主義者」，深信「藍海處處」不疑，欠缺的是能否找出它藏身之地的智慧（或幸運），宏碁的施振榮先生諄諄教誨大家「放眼非主流市場」，重建台灣的競爭優勢，從事出版的朋友們，也不妨傾心聆聽他指點的方向。

末了，我要引述聯想集團高級副總裁馬雪征女士所說、值得出版人玩味的一段話：「**我這個人一直是退三步、退五步。先看三、五年後做什麼，才來看今天應該做什麼。如果我先考慮明天應該做什麼，再決定三年後的事，這樣肯定會出問題。**」（引自《商業周刊》第932期，2005/10/3）

出版這行業有極大的不可測性，若有人說，他能掌控三、五年後的書市趨勢與時髦、流行，那肯定是癡人說夢；但，正因為「不可測性」是如此明顯，不也恰好為「大冒險家」及擁有早慧者提供了一片藍海？

10「長尾」理論

我們無法從這些理論直接取得答案，這些理論可貢獻的只有一件事：想，不停的思索。

「藍海之門」的另一把鑰匙

老貓的文章裡提到「長尾理論」一辭，因我聞所未聞，特地用中文google一下，居然得七十四萬項。隨手點閱，揣摩再三，仍不得正解，只有用自己有限的經驗附會一番。

經左推右敲，眼前光明忽現，頓時喜從心生。可不是嗎？我們老問「藍海在哪裡」，這不又是用來實踐「不競爭原理」、打開藍海大門的一把鑰匙？

「長尾理論」（The Long Tail）概念得自《連線雜誌》主編Chris Anderson在二〇〇四年十月的〈長尾〉一文中提出，用來描述如「亞馬遜網路書店」和Netflix之類網站的商業與經濟模式。

「長尾」實際上是統計學中Power Laws和帕累托（Pareto）分佈特徵的一個口語化表達（請參閱下圖）。

舉例來說，我們常用的漢字實際上不多，但因出現頻率高，所以這些爲數不多的漢字佔據了上圖廣大的紅區（Body）；絕大部份的漢字難得一用，它們就屬於那長長的藍尾（The Long Tail）。

Chris認爲，只要存儲和流通的渠道足夠大，需求不旺或銷售不佳的產品共同佔據的市場比例就可以和那些數量不多的熱賣品所佔據的市場比例相匹敵，甚至更大。——（引自「播客寶典」（http：//hopesome.com/index.phpp=203）

若要談「長尾理論」，不得不先從「80／20法則」說起，因為有一種流傳頗廣的說法：

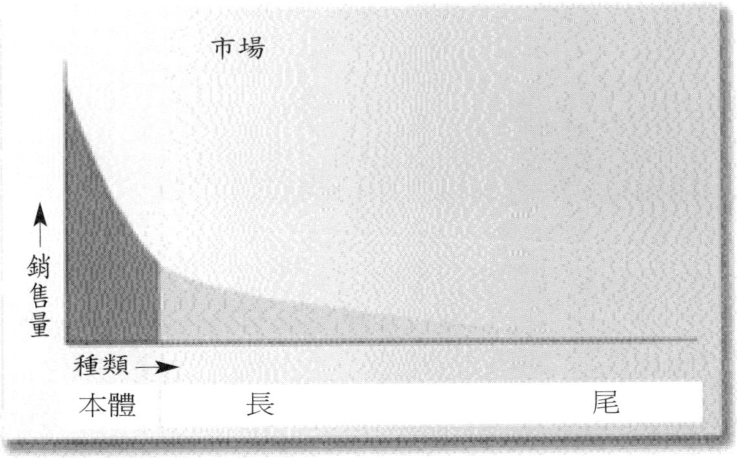

長尾理論示意圖

長尾理論是對二八定律的顛覆。

關鍵少數與無用多數

在《80／20法則》（Richard Koch著，謝綺蓉譯，1998/11/1，大塊文化出版）書中，曾就字面意義、用很白話的文字詮釋：

「這法則是說，你所完成的工作裡，百分之八十的成果，來自於你所花的百分之二十時間。我們五分之四的努力——也就是大部份的努力，是與成果無關的。」

這種不平衡的現象，反應在商業世界時，就出現了以下的情況：

「20％的產品或客戶，涵蓋了約80％的營業額；20％的產品或顧客，通常佔該公司80％的獲利。」

問題來了：既然如此，我們為什麼還要繼續生產哪些只獲利20％的80％產品呢？我們是不是應該「採取激烈且徹底的措施」，停止生產哪些獲利不足的五分之四的產品？

這種提議當然是行不通的。因為，從出版業的角度看，要所屬編輯個個選書如神、本本暢銷，這是掉入「50／50的謬誤」（意謂「投入＝產出」），這是不符合實際情況的；而「80／20現象」才是真實世界的樣貌。

事實上，面對嚴酷而難解的現實，該書作者提出的對策，簡化成一句話，即是：「如果我們在各個層面中，確實意識到『關鍵少數』和『無用多數』之間的差異，並著手去改善，則我們所珍視的事物可以增加。」作者強調「對所有『缺陷』做些正面的事，哪麼原來浪費、耗損的現象，卻可能帶來好事」。

引述這些文字，旨在說明有人嘗試定義「長尾理論」時，認為它的核心意義，建立於對「80／20法則」的質疑。

「長尾理論」呈現於分佈圖上的百分之八十，就像一條長長的尾巴——越細小、越接近尾端、越被忽視的非主流產品區，才是未來產生可與主流市場相匹敵的、甚至是市場規模更大的、新的「暢銷產品源」；而80％（五分之四）的「無用多數」，很可能就是未來「關鍵少數」的隱身之處。

說到這裡，你不覺得「長尾理論」越來越「似曾相識」？（藍海，正若隱若現地，在某個時點向我們招手。）而「長尾理論」不多不少恰好補實了《80／20法則》作者看到「80／20」所形成的缺口，並引出一個針對已經存在的浪費與耗損予以徹底改造的創新方案。

從我所能理解的程度來看，這兩套理論似可看作一體兩面、是互補不足、是一套「雞生蛋或蛋生雞」、互為因果的非線性系統。

避開競爭與人棄我取

在網路上，關於「長尾理論」的定義，眾家英雄豪傑各有所見，深獲吾心的有以下數則：

・「長尾就是80％過去不值得一賣的東西。」

——Grey

・「長尾就是當藉藉無名的變成無處不在的時候，你可以得到的。」

——Eric Akawie

・「長尾實現的是許許多多小市場的總和等於（如果不是大於）一些大市場。」

——Jason Foster

・「長尾講述的是這樣一個故事：以前被認為是邊緣化的、地下的、獨立的產品，現在共同佔據了一塊市場，足可與最暢銷的熱賣產品匹敵。」

——Bob Baker

・「一個小數字乘以一個非常大的數字，等於一個大數。」

——Rajesh Jain

・「由於通路的擴大與時間的拉長，利基產品也能賣出與暢銷產品一樣的量。」

——Brandon Schauer

・「有人將Long tail的tail部份，對應到niche market，它們看似很小，微不足道，但是積少成多，總量可能比head部份還多。」

——見素

由此看來，「長尾」的中心思想即在努力「避開競爭」，進據沒有競爭對手的領域，以取得優勢。從「人棄我取」的角度切入，在邊緣、在無人在意、在廢品堆放場……，找出能重新賦予新生命的產品；而在80％欠缺競爭力的「無用多數」的長長尾巴之中，試著找到大大小小的「藍海」。

光是這樣往下推想，就趣味無窮了。

無用多數裡仍有寶貝

我手頭上剛好有個現成佳例，貢獻給大家參考。

多年以前，我和朋友成立「實學社」，在佈局產品線時，曾規劃了一條【改編電影的日本名家名著】，聘請了熟悉日本文學和電影的姚立群主持編務，並商請詹宏志義務擔任總策劃。

當時所選的書，均一時之選，如：《陽暉樓》《紅鬍子》《五瓣之椿》《藏》《紀之川》《俗物圖鑑》《耶斯克列曼度之謎》《鬼龍院花子的一生》《河的星塵往事》《二十四隻眼睛》《槍錢家族》《史上最大作弊戰爭》《女廁所殺人事件》《恍惚的人》《華岡青洲之妻》《蒲公英之歌》《飯稻妻》《放浪記》……等，先後出了二十二冊。

本以為如此堅強的陣容，書出之後，必洛陽紙貴，掀起風暴；沒想到開館之作《藏》——列名一九九四年日本《讀賣新聞》「十大最受歡迎書籍」、狂銷八十五萬冊、「東映電影一百年紀念放映作」、「第八屆東京國際影展閉幕影片」等殊榮的鉅作，我們在當年特別選在「台北國際書展」開幕日隆重推出，還不惜成本於報端刊登全頁廣告，氣勢不凡。但上市之後，未見預期回響，這條路線始終奄奄一息，在那兒苟延殘喘。

不久前，公司易主「遠流」。這套沉寂多年的書，其中《河的星塵往事》突然蒙得青睞，被情有獨鍾者，以《河的三部作》為名，重新包裝販售。

這部書是由《泥河》（太宰賞）《螢川》（芥川賞）《道頓堀川》等三篇傑作合集，出自當代名家宮本輝之手，並由小栗康平、須川榮三、深作欣二改編為電影。當年初版二千冊，努力了好幾年，只賣掉七、八百冊，剩下的全靜悄悄地躺在倉庫，無人問津。

喚醒這書書魂、獨具慧眼的人，就是林皎宏。

他另外兩個分身比本名響亮多了：一叫傅月庵；一叫蠹魚頭。常讀報刊雜誌、常上「遠流博識網」的朋友，對這兩個名字當不陌生，蠹魚頭主持的「聊齋」討論區，經常是賓客盈門，座無虛席。

他身為遠流顧問，親自策劃了一條路線：「綠蠹魚，Read It」。他的編輯觀念聚焦於尋回「閱讀的樂趣」，他堅持讀書必須回歸「為樂趣而閱讀」，不僅僅是只篤信「知識的力量」。

濃濃的人文氣息，使他策劃出版的書，漾起一股特殊的品味和神韻，吸引了難以估量數字的讀友，願意接納他遴選的作品。最近出版的蔣勳新著《天地有大美》，就是極具代表性的年度大作，無論內容、美術設計、紙張、裝幀等，都有超水準的表現，去年年底上市，即供不應求，不到一個月，印量破萬，頻頻再版，屢創佳績。

在這樣濃烈人文氣息的林皎宏欽點之下，《河的星塵往事》經他於「遠流博識網」一品題推薦，果不其然，新版的《河的三部作》立刻成為當月眾人注目之作，短短數月，印行三刷，銷售量直逼六千。

他在「長尾」——被當成破爛丟棄的廢品中，找到能創新價值的「關鍵少數」，這個例子告訴我們「無用多數」裡面，真藏有寶貝呢！

當然啦，以上所述純是為了方便說明，才故意牽強附會，強作解人，絕非林君本意，粗魯引喻，尚祈諒察。

尋找「藍海」，人人有責，但除了幸運還更需要策略與方法。我不知道「長尾」這把副鑰匙是否有用，但有一點是可以確定的：我們無法從這些理論直接取得答案——坦白說，這既不是它們的目的及責任，也不是它們能力所及的，這些理論可貢獻的只有一件事：

——想，不停的思索。

希望透過原理的陳述，勾起你經驗世界的回憶，或許從中引起些許共鳴；或是提醒不小心遺忘的角落、邊邊，尋回被低估價值的東西；甚或明喻一個方向，鼓舞熱情，去冒險探索……。總而言之，要你去思索，去抉擇，去行動。

網路社群的經營

當然，《河的三部作》的成功，還蘊含其他要素，其中最突出的，是出版界必須正視日趨成熟的「新生事物」：網路社群的經營。

「網路社群」經由魅力營造，由點而面、由小成大，將趣味相投的人在虛擬空間聚合，然後在時間的積累中「脫中心化」，自然而然自建中心，形成一股力量（這些道理也挺符合「長尾理論」），隱約地變身為「新通路」。

像這類網路社群，剛開始時，只是小眾中的小眾，身處邊陲又乏人正視，但隨著人氣發燒（「遠流博識網」每天造訪流量高達二十萬人次），迄今已浸浸乎似由副扶正，其未來的爆發能量將不可限量。

想想看，使「網路社群」是小眾聚合，但若一家出版社擁有三、五十個（或更多）不同性質的「網路社群」刻意經營的話，這個「新興通路」的力量將會有多大？這個觀點仍不脫「長尾理論」的範疇，請細細咀嚼。

假使你對此仍半信半疑，請聽聽媒體鉅子梅鐸（Rupert Murdoch）針對網路新世紀的來臨所說的話，或可一洗疑慮：

「我所認識的三十歲以下的年輕人，沒有一個看過報紙分類廣告。」（參閱《數位時代》第一二一期（2006/1/15）〈六種觀點解讀產業趨勢：二〇〇六年全球科技大風向〉一文）

請想想，他們為什麼不看報紙？什麼東西取代了報紙？這些人所聚合起來的市場潛力，誰敢忽視？

梅鐸這老人家，能警覺到這些，實在不簡單。

PART

III 編輯的實務

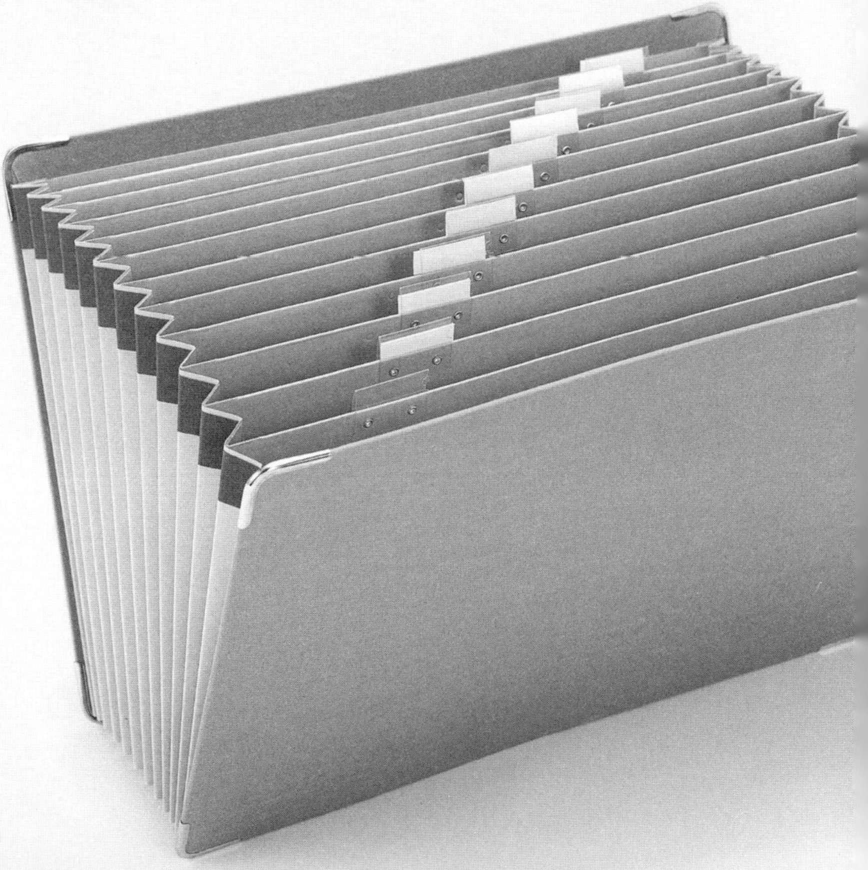

11 編務報告書

台灣企業界面對的一項真正的危機是，停滯在一個已經變得過時的競爭階段。

從編輯實務談起

打開報紙，赫然讀到「首本真人漫畫《戀愛雙頻》來了！」的標題，嚇我一大跳。

往下細讀，果然有人把「電影書」的概念做成成品了，據聯合報記者陳宛茜報導：「作者陳帥君，自稱是個『畫漫畫長大的孩子』，他先從漫畫入手，接著玩攝影，最後到美國哥倫比亞電影學院學拍電影，做過舞台劇的美術指導與副導演，嫻熟編劇、腳本、分鏡等技巧，兩年前，回到台灣，致力於『真人漫畫』的創作。」

這是聯經的傑作，我引述這段文字，想告訴讀者的是：我說的雖是老人言，可沒跟時代脫節。我做了一輩子編輯，一個編輯人該有的敏銳與辨識良窳的基本能力，並未喪失。

我希望讀者不要錯認我書中各項建議，都是陳年舊案，之所以喋喋不休，只為了消磨最後時光罷了。有些建議涉及「領域的佔有」，我曾清楚表明，它極可能是個商機，問題則在「能不能理解」以及「敢不敢付諸實踐」而已。

聯經推出「真人漫畫」並不足以妨礙「電影書」的進行──他們只是重覆了二十四年前我們攝製〈流逝〉的經驗，《戀愛雙頻》的出現，只是更增添了電影書方案的可行性。

如何?願意試一試嗎!

在這裡，我們談的是編輯實務。

但我跳開一般編輯實務所談之種種，從不同角度切入，希望有志於出版、而又一腳踏進編輯工作者，能有所體會並另有發明。

我手上剛好有一份當我負責實學社經營責任時，在董事會與股東會議上，為了請求增資而撰寫的編務報告，我們就從它開始。這份報告並未遵循標準格式──事實上，我也不曉得何謂標準格式，據我所知所見，報告寫法千奇百怪，所以也就不避簡陋，算是提供一個錯誤示範。

我們一旦做了編輯，總有一天會扛起重責而獨當一面，撰寫各種性質報告的機會多的是，想躲也躲不掉。既然躲不了，不如踩在這塊他山之石上面，鍛練出更強的功夫吧！

出版界發生了什麼事？

九〇年代前，台灣的出版市場仍是飢渴的，大型書店剛剛誕生，大賣場的書架上，急需大量書籍填補，人們的心態也從戒嚴轉入大開放，各種各類的書籍，似乎永遠填不飽市場的需求。

早年，一本書的生命週期，至少有三個月到半年，每本書都有充分的機會，被讀者熟悉。如今，一本書的生命週期縮短到不足一個月，有些不知名的出版社，書一出版，即宣告死亡。

根據「行政院新聞局」最新統計：到二〇〇五年止，全台灣登記有案的出版社共有六千五百家以上，各種書籍的年出版數量將盡四萬種，每天送達店頭的新書，也在百本以上，台灣只有二千三百萬人口，雖然讀書風氣極其興盛，但「粥」多「僧」少，有限的市場，迅速地從傳統的競爭型態，躍入「全競爭」的時代。

書的類型越來越多。

作家的定義也越來越廣闊。

書的出版，越來越容易，這一切急速發展的結果是：

——「書滿為患」。

在這新形勢下，原有傳承已久的出版觀念也面臨崩解，而必須從新認識。

互相模仿抄襲的歪風

整個出版界的現況，和麥可．波特觀察的台灣企業界的情形如同一轍：

「台灣企業界面對的一項真正的危機是，停滯在一個已經變得過時的競爭階段。」

為什麼說是「停滯」與「過時」？

因為我們越來越相像了。

甲出版社出版心理學、文學、管理學、……賺了錢，乙出版社如法泡製。丙出版社的一部書大暢銷，其他出版社，找尋類似的書，也一窩蜂上市，大家一同努力，非把市場做爛方休。

我們終於在激烈競爭下，學習「最佳示範」（最成功典範）的同時，造成「競爭合流」，大家全都長得一模一樣了。

因為缺乏獨有的特色，所以長相都沒有差別，彼此產品重疊性高，都擁擠在狹小的類型裏互相搶奪有限的資源，最後只有在價格上作競爭，不停地削價，進行價格破壞。剛開始時，還從行銷策略面來思考，不久，價格戰就再也沒有底線，終於變成噩夢一場。

這就是台灣出版界目前所陷入的「麻煩」。

有些人已經在思考了，但更多的出版者仍在奮不顧身地熱情互擁，樂此不疲。

尋找出自己的特色

「你認為麥當勞可以同時賣漢堡、海鮮和中國菜，而且都得第一名嗎？」

（孫正義「日本軟體銀行」總裁）

孫正義總裁提出的問題，正好是今日出版者應該捫心自問的。答案很清楚擺在那兒，你必須擁有自己獨特的優勢，這是你所以可以生存下來的依據和理由。

要繼續生存下去，必須與眾不同。

必須勇敢的作策略抉擇，學習割捨，培養出不同流俗的眼光，尋求進入可以同時「經營未來」的領域；最重要的一點，便是由此區隔出自己的特色。

譬如說，一提到「歷史小說」，第一個閃進腦海裏的，就是「實學社」——要做到這一點，第一個行動就是「集中優勢」：捨棄缺乏競爭力、沒有未來性的；強化既有產品中最強、最具競爭力的。

就「實學社」而言，無疑的，【小說人物】系列所發展出的歷史小說，置放在台灣出版界和華文出版市場中評估，這是一個充滿發展契機的領域，因為雖然在領域中有競爭者，但都有弱點或各有偏頗：

「遠流」雖然擁有眾多歷史讀物，但全是當年的專業編輯人在遠流所策劃出版的，人去政息，已失去原先所設定的理想和目標，即使有人承襲，也逾淮成枳了。

「聯經」和同屬聯合報系的《歷史月刊》，則偏重於學術研究，目前還仍難脫學院色彩，看來包袱甚重，一時也不易改弦易轍。

「巴比侖」出版頗多歷史小說，其中以二月河《雍正王朝》等系列甚受歡迎，但出版社本身少了理想性，也少了自主性格，以購買大陸既成作品為主，水準參差不齊，落差頗大。

「實學社」身處其中，恰巧佔著一個有利的戰略位置，可依此創建出獨有的特色，經營出一番氣象。

為什麼是「歷史小說」？

中國的歷史小說，一向被認定為休閒讀物，並沒有賦予其積極意義。證諸鄰近日、韓兩國，歷史小說非常發達，據旅日台胞陳再明先生（在日本歷史讀物發表甚多作品，頗有文名）告知，歷史讀物（以小說為主）這一類型的出版物，在日本出版界佔有重要地位，當年吉川英治、司馬遼太郎等歷史小說作家，其版稅所得曾高踞全日本第一位，收入之豐，令人咋舌。

中國人一向自詡為歷史的民族，但對本身歷史的再創造，重新賦予現代意義方面，顯然留下了太大的空間，因此日、韓作家，常以中國歷史人物為創作標的，屢創銷售佳績。

看到歷史小說在日、韓的蓬勃發展，見證了他們強韌的民族精神和創新能力，他們著作經常帶著強烈的特色：

——和企業經營緊密的連繫起來。

——允許作者釋放各自的詮釋能力，將歷史人物再造。

——植入現代精神，洋溢強烈的現代性。

在日、韓兩國，閱讀歷史小說，可說是全民運動。他們的年輕人在讀、上班族在讀；企業家更將歷史人物奉為圭臬，作為經營時的學習對象。相對於日、韓出版界和讀書界的歷史熱潮，華文出版世界顯然冷漠太多，以同屬東方中國文化涵蓋的區域，我們沒有理由會繼續置身在珍貴的歷史經驗之外，這是不合乎時代發展規律的。

當然造成這種情況的原因很多，最主要是因為一般讀者，還不了解歷史和他們的生活息息相關，以及在為人處事上的啟發性。台積電的張忠謀和聯電的曹興誠都曾表示，他們之所以能達到今日的成就，有許多造因，而從小嗜讀歷史，卻是其中重要的要項。

在台灣出版地圖上，在整個華文出版市場上，歷史小說已經有了一些成就，但就日、韓發展軌跡來看，顯然仍屬處女地帶，值得去大力開發。誰先全力涉入經營，誰就會成為下一世紀此一領域的領導品牌。

從四個問題談起

在決定經營哪一個書系前，應該先檢討四個問題：

① 尋找長銷書

什麼類型（出版範疇）不會因時間而被淘汰，永遠是出版主流之一。

② 尋找「藍海書」

什麼類型（出版範疇）是目前競爭最小，參與者寡，又能漸漸凝聚出特色，兼具累積效應（現在印行的書，五十年後仍留存在市場上，不易被迅速淘汰，因而凝聚成可觀的規模。）。

③ 尋找自製書

國內出版界，經常購買外國版權，久而久之，不免生出一個想法：什麼時候在書的著作版權上，我們可以由輸入國轉變成輸出國？想達成這個夢想，我們可以依憑的出版類型是什麼？（我們心裏想的輸出對象是中、日、韓、美）

④ 尋找共通書

什麼類型是可以涵蓋兩岸三地。在華文出版世界天長地久，一領風騷？

經過不斷討論，歸結出兩個策略方向：

——**一是歷史讀物**（大眾讀物一環）

——**一是應用知識**（實務經驗），例如ＡＢＣ現象和入門知識（國民基礎知識）

歷史書籍在市場上雖然不乏出版者，但其中歷史小說部份，經營者少，而且有一個先天性的弱點，寫手太少。這個弱點，反而讓我們看出了機會。假使能克服這個弱點，再進而引入日韓與企業經營掛鉤的務實觀點，擴充歷史小說新的內涵，使傳統的歷史小說讀者的視野拉開，同時開發上班族……等新客源，在新的定位上（形成局部優勢），這個既陳又新的領域，必然能有所收穫。

在當前出版界激烈的競爭環境中，許多熱門的領域，早已充斥了競爭者，比爾．蓋茲剛剛寫好的新作，才完成初稿，在台灣的授權金即高達十三萬美元以上，出版以後，達不到十萬冊以上的銷售量，可說血本無歸。國內少數各出版領域的知名作家，他們尚未完成的作品，即已被重金預訂，在這種背景因素下，出版業早已經從當初家庭式手工業，進到真正的商業競爭，所有的企業運作規則，在出版界一樣能充分運用。誠如眾所周知的，一個「資本密集」及「人才密集」的時代來臨了。

由此看來，身處戰國時代的出版界，我們的贏的機會在哪裏？

或者應該換一個方式問：我們能形成的特色及優勢在哪裏？

我們不可能在每一個領域中領先。但我們有可能在某一個小範疇內領先。

而這個看似小小的範疇，一旦踏入，就會發現其間領域也無限龐大。

只能勇往直前

決定了在歷史書系耕耘，也該有這五項配套措施：

①可在較短的時間，先於歷史小說領域內，創建出影響力。

選擇這樣做，是要讓影響力能夠涵蓋華文出版市場。

②把古老的歷史智慧，和現代企業經營緊密地連繫起來。

這個方向是極具前瞻性的。

③設立獎項，就能發掘、培養新的偶像。

如此一來，書與人都會成為公司的資產，可常久經營。

④擁有原創力的產品版權。

可供未來多媒體及網際網路上的發展。

⑤有機會進軍國際。

金庸、古龍、瓊瑤等作家的著作，已經有了日、韓譯本。

面對出版業激烈競爭，其間艱辛，一言難盡。從整個態勢而言，每家公司經營也正面臨發展瓶頸，殘酷的現實擺在眼前，實在沒有太多的選擇：

一是維持現狀，繼續邊打邊走，靠一己之力，慢慢「熬」。

一是為了及早完成佈局，應籌集豐裕的資金投入，以便穩固既有成果並展示更大的企圖心，謀取通俗文學市場的領先地位。

即使最困難的路都走過來了，但新的挑戰仍一波波湧現。

假使採取過於保守的策略，將很快失去競爭力，只怕連已經擁有的成果，也將不保；除了勇往直前，沒有第二條路。

12 書系經營

如果你跟你的競爭者有相同的策略，那你其實沒有策略；如果你的策略是不一樣但是很容易模仿，那是個沒什麼用的策略。

什麼是「書系」？

談到書系，一開始，不妨先問：

❶什麼是「書系」？

❷它從何而生？

❸誰需要書系？

❹書系的貢獻與限制是什麼？

❺書系還有明天嗎？

反書系的人眼中，它是捆綁編輯才華和自由出版的繩索，他們認為出版就是「出自已喜愛的書」，凡違背此一宗旨者，就是放棄理想、走向「市場取向」那一端去了。

對書系持正面解釋者，則視書系為「解憂散」或「成長激素」，是出版邁向長遠、規模化經營的必經之路；凡不願正視此一事實者，「小而美」或許才是他們的追求標的。但身處「不成長即淘汰」的激烈競爭環境下，對一個若以「數一數二」為經營目標的出版實體來說，不可能放棄任何能讓自己快速崛起的利器和機會。

關於書系研究的文章，最具權威與完整性的，首推洪千惠的論文《台灣書系出版之運作與功能》（南華大學出版學研究所碩士論文），她對書系的來龍去脈——形成、產製、銷售、成效與限制等等，有非常詳盡及深入的探討，我建議大家一閱，必有助於對整個出版（尤其是編輯部分）之運作，有進一步的了解。

在這裡，我摒棄學理式的探討，因為不可能超越洪千惠的研究心血，我採用直接陳述個人經驗，這些經驗的部份，恰巧也是構成書系發展史的環節之一。

廣義與狹義的書系

廣義的說，書系其來有自，出版社一成立，書系就出現了。

君不見，文星有「文星叢刊」、爾雅有「爾雅叢書」、遠景有「遠景叢刊」、九歌有「九歌叢書」、洪範有「洪範叢書」、早期遠流的出版物也集中在「遠流叢刊」

……，幾乎每一家出版社都拿自己公司的名字做為書系名稱，來凝聚出版焦點。

但也有少數如「志文出版社」，從一開始即以「新潮」兩字作為各書系之名，其中「新潮文庫」（收納文史哲等名著爲主）最為著名，其它尚有「新潮推理」、「新潮幽默系列」、「新潮兒童天地」……等，正因為「新潮文庫」太成功了，幾乎取代「志文」成為出版社的代名，加上其內容涵蓋十分明確，所以也有人將書系的源起，從「新潮文庫」算起。

狹義的定義，多數人都以遠流「大眾心理學」為發軔之始。

我沒有躬逢其盛（那時我還不是遠流的成員），但由於主編《新書月刊》的緣故，對出版界的種種變化頗為關注，遠流正值化蛹為蝶的重要關鍵，她在王榮文（企業主）和詹宏志（總經理）連手打造下，由傳統出版蛻化為具有企業經營意識的現代化出版，而「大眾心理學」的出現，則代表了這次躍進的轉捩點。

我相信當時並不是先具有「書系觀念」，才推出「大眾心理學」的。

依我的瞭解，遠流那時正面臨成立以來的重大逆境，王榮文邀請詹宏志替他籌謀劃策。他們在當王榮文事業處於順境時，曾幫助不少同業渡過困境，有些人感念他的相助，主動將一些書稿或紙型作為抵押，宏志從中理出頭緒——他發現有相當數量的書稿都可歸類於泛心理學的範疇——聰慧的他，立即從蕪雜中看到機會，「大眾心理學」於焉誕生。

書系的「必然」與「偶然」

我常跟人說，歷史事件的發生，既是必然也是偶然，「書系」的出現，亦可如是觀。

為什麼說是「必然」又「偶然」？

讀完下面這段文字，答案自在其中了。

八〇年代前後，引領風騷的「出版典範」，是業界翹首仰望的「五小」。「五小」包括了爾雅、純文學、洪範、九歌、大地，這些出版社的負責人，都是文壇響叮噹的知名人物，像是隱地、林海音、瘂弦、楊牧、葉步榮、蔡文甫、姚宜瑛等，全都具有龐大影響力，不是普通出版社能輕易分食他們所據有的市場。簡言之，那時候所謂的書市是以文學書為主流，其他書籍只是聊備一格，處在文學書市外被忽略的邊緣地帶，勉強存活而已。

但，仍有人及時注意到隨者社會大腳步邁向開放所導致的微小卻急驟的變化，一個比文學書更龐大的市場正在成形，朝向多元價值張開迎接的雙手。

毫無疑問的，詹宏志就是這個人。

這時的他，已擁有廣博且豐富的出版與編輯經驗，他做過出版社及雜誌策劃、編採、主編，在主持聯合報〈萬象版〉時期，所推出的「傻大姐信箱」和「黃驤專欄」大受歡迎；不久，出任工商時報副刊主編、並獲得中國時報董事長余紀忠先生不次拔擢，以二十八歲的年齡，成為史上最年輕的《時報周刊》總編輯……，以及許多不及詳述的實務經驗，配合上他台大經濟系的學養背景（太重要了！）、過目不忘的天賦、永遠飢渴的閱讀習性和思慮周密、分析清晰的獨特見解與對事理的洞察力，使他非常快速掌握到王榮文擺放在他眼前、稍蹤即逝的機會。

他知道開放、多元社會的來臨；他理解Think Difference；他藉由此次偶然的機緣，從泛心理學書稿看到夢寐以求的「新土」；他拋離競爭最激烈的文學書主流市場，重新區隔利基點，打造出新遠流第一塊「利潤區」（profit zone），建立起那時還未被人理解的競爭優勢。

由此而生的「大眾心理學全集」，可說是出版界經典企劃之作，此後的跟隨者群起模仿，但再也沒人超越。

書系的十個突破

如今回頭再看這個案子，詹宏志有許多了不起的突破：

①「書系」創生

他清楚理解必須揮別「五小」與遠流過去所走的路，若是繼續在那基礎上求發展，只能撿拾殘羹，是沒有機會的。他在「大眾心理學全集」的〈出版緣起〉中，明白指出「心理學」與「經濟學」是台灣當代兩大「顯學」，那些久置王榮文抽屜中的書稿，剛好變為實踐他長久觀察心得的觸媒。

另外他很了解開放社會日趨複雜的人際關係暨繁盛的企業活動，使人需要更多的慰藉，而心理學恰好可成為一帖自我治療與提昇生存競爭力的良藥，他將泛心理類書籍統合在簡明易懂的名稱和概念之下，編輯一套富針對性的、能「自我教育」與「掌握了解人」的大眾化的心理學知識，並宣示在五年之內，出版三百種深入淺出、人人可讀的叢書，「書系」就此出現。

②聚焦（focus）

遠流經過整頓後的第一擊，把所有資源聚焦於此，專注於這片未被人重視的領域，這是極其大膽的做法，可說成王敗寇，在此一役。詹宏志至少比我們早五到十年將企業經營理念活用於出版。

③市場區隔

依當時出版生態，重要而有影響力的民營出版社，幾乎都是「寫而優則出版」，由文壇知名作家成立的。我相信依詹宏志經濟系的學養背景，他必然深諳企業經營之道，所以他巧妙的避開和主流書市做稿源與市場競爭，而趁勢另闢蹊徑，成為台灣出版界心理類叢書第一個迎向市場的整合者。

④規模化

設定「全集」規模（五年三百種），並號稱「每本書都解決一個或幾個你面臨的問題」，以人人可讀的通俗心理學著作直訴讀者，挖掘其深層需求，培養長期讀者。我們從店頭零售和日後圖書館整套訂購的熱烈情況，當可肯定其成果豐碩（即使到了今天，這條書系仍是公司利潤來源之一）。

⑤量產策略

為了先聲奪人，整個出版節奏是逆反常識的，詹宏志在第一個月即印行四十種書上市，這個巨量引起出版界震撼，想不成為新聞焦點都不行。從此，當新路線推出初期，「量產乃必要之惡」變成遠流搶佔市場的法門之一，在書市還沒發燒到

「書滿為患」階段，這個操作準則仍有其指導意義。

⑥作業的規格化與簡化

為了將既有書稿迅速成書，詹宏志果斷地將「全集」統一規格：二十五開本，封面套上制服（顏色不變，只更換中間插圖），內文編輯體例標準化：依首頁（全集logo、編號、書名等）、版權頁、書名、出版緣起、編輯室報告、目錄、推薦人的話、序言、小書名頁、篇名、章名（抽言）、內文、跋……以及內文字體、版型等統一設定，讓執行編輯有所遵循而能在極短時間完成任務。同時，將定價固定，不管書有多厚多薄，一律一百一十元，使得在沒有電腦、全靠人工抄寫和核算的時代，對業務、會計與倉儲等單位工作人員而言是很大的福祉，也因而節省不少成本支出。

⑦建立行銷觀念與操作型模

早期的出版業認為書藉自有生命，只要書好，讀者自然而然會購賣閱讀，所以頂多在報上刊個三批全廣告，做一份ＤＭ，剩下的就委諸天命。【大眾心理學全集】採取全方位行銷，尤其運用遠流長期累積的發行網絡、人脈和詹宏志個人在文化界的影響力及魅力，於短短一個月內，大量宣傳出現於各種報章雜誌、廣播與影視。整個書系藉由總策劃人吳靜吉博士領銜推動，使心理學成為社會話題，將它拉抬到真正新顯學的地位，因此立即在書市激起一股旋風，似乎不手持一卷「大眾心理學」叢書，就跟不上時代了。從今日「口碑行銷」與「品牌行銷」的角度評估，都不失為開風氣之先的樣板之作。

⑧編輯角色與地位的再定義

編輯的角色從此由人際關係經營者、稿件邀約、整理、編排、校對、文字梳理……，變為「拱橋」觀念創發者，策劃人，總設計師。使編輯人超越傳統刻板意義。說得精確些，更豐富了編輯人的內涵與功能。

⑨出版專業經理人誕生

這是一個「伯樂與千里馬」的現代版故事，王榮文慧眼識英雄，詹宏志證明了他的價值。可惜這段佳話，遲至今日才清晰地呈現它應有的意義；更可惜的是，當詹宏志自行創業之日，使得曾一度讓人以為「專業經理人」角色在他身上得到印證而鼓舞了一些有志之士時的典範模式，從此消失不見。他在遠流的身份，代表出版「專業經理人」興起的象徵；他的離去，象徵「專業經理人」的時代還未成熟。但我們也必須肯定詹宏志在百分之百的信任與授權下，將現代經營觀念導入遠流，為它未來發展奠定了堅實的基礎。

⑩出版邁入產業化

遠流從（大眾心理學全集）書系開始，所邁出的每一步，都「與前與眾」不同了（此乃亞歷山大大帝之豪語）。遠流選擇了一條和大家不一樣的發展途徑，心理書系的成功，不久在公司內部進行「複製」——這將是下一信的主要敘述內容。總而言之，當「複製」的觀念工具化、變成可操作時，經營的精髓，即全在其中了，這時再談「出版產業」這個詞彙，才算有了意義。

有力又永續的策略

書系，就如此這般寫入歷史。它開啟一家出版社的新局，它打造出很獨特的編輯模式。

為了生存，在那充滿年輕人蠢蠢欲動、想改造遊戲規則的衝力、隨時會爆發新生事物的年代，即使沒有「大眾心理學全集」，也必有其他類型出現。但活在大社會中的詹宏志，早已洞悉所面對的嶄新時刻，當機會敲門，他毫不遲疑地展示策劃能力，圓滿完成一趟奇蹟之旅。

書系重不重要？管不管用？神不神奇？讀者從以上敘述之中自有評斷。至於書系還有沒有明天？這個問題沒有標準答案，你說有便有，你說沒有便沒有。但驀然回首，但見出版界鋪天蓋地的「書系」撲面而來，聰明的你應該知道怎麼往下走。

有人以為隨便找個英文字，組個書系，胡搞一通，這是不行的，只能唬唬外行。在我的認知裏，開「書系」是何等大事？必須從整體環境去理解所開書系的位置，除了開發一時需要之外，有沒有未來性？這座拱橋兩端（譬如：現在／未來；讀者／作者）架在那裡？稿源（石頭）呢？市場呢？獲利能力能支撐嗎？需要多久才能回收？有競爭者嗎？自己的罩門在何處（至少要用SOWT檢驗一遍）？你是獨佔抑或獨大？挑戰門檻高嗎？誰架設的？資金能燒多久？有增資方案嗎？……

噯！可有問不完的問題呢！

假使只是套襲「書系」的殼子，而不正視各項構成條件，失敗是遲早的事。國人喜歡一窩蜂地模仿、追隨、抄襲、以為搞個辭彙、拉出一條書系就萬事ＯＫ，實在是侮辱了書系。若是找不到利基，區隔不出差異，肯定建立不起優勢。

事實上，書市中真正有競爭力的書系，屈指可數。

總結的說，書系經營是出版社終極武器之一。

像前信所述「花園主義」裡面「百花齊放」中的「花」，即是由一組概念延伸出的書系組合。獨特的「人資源」攜來「新觀念」，並由此發展書系：由一而多，由點而面，由小而大，由簡而繁，出版王國即如此砌磚起厝建造起來。

遠流曾如此走來，城邦也是，只是她的基座與展現的包容性更大。

現在，或許可以追問：

「促使出版社繁盛的『書系經營』，它的秘訣究竟是什麼？」

在尋索答案之前，有一段放諸四海皆準的話，似乎可做提醒：

「如果你跟你的競爭者有相同的策略，那你其實沒有策略；如果你的策略是不一樣但是很容易模仿，那是個沒什麼用的策略；如果你的策略是很獨特，又很難抄襲，那你就有了一個有力又永續的策略。」

——菲力浦．科特勒（Philip Kotler）《行銷是什麼？》

假如你想經營書系成功，請將這番叮嚀放在心上。

13 揭開書系構築之謎

編輯只是整個出版生態工程裡的一個環節，它不可以孤立於整體之外，它必須嵌入脈絡才產生意義。

延長書的生命週期

台灣的「市場特殊性」，也是形成書系的重要背景。

因為當年書市規模實在太小，要在第一刷賺錢是很困難的，必須待二刷、三刷……之後，才看得到利潤。

再加上一個出版社並不是每一本書都能大賣，若一年出版二十種新書，能有二、三種被廣大讀者接受即心滿意足，剩下的保持不賠，就得感謝上蒼，更不必提那些迅速從書店退回倉庫、滿坑滿谷的回頭書了。

所以，如何在狹小市場活下來，除了儘量避開「直接競爭」或設法將書市變大之外，幾乎無路可行。

現實裡的書市就這麼大小，想生存，只剩兩個辦法：

一是讓所出版的書本本暢銷，在上市月內狂銷萬冊（難啊！）；一是選擇和競爭者走不同的路，把期許中「萬冊以上」的量，以二年或更久的時間、延長書在市場上的生命週期來達到銷量目標——書系，正是用來解決這個困境的藥方。

就像準備過冬的窮人，因為缺乏禦寒衣物，只得擠在一塊兒相互取暖，以求熬過酷寒考驗一樣，書系經營起念之一，亦復如是。

說穿了，它是一種生存競爭手段而已。

但，我們從外面看「大眾心理學全集」的運籌過程，依然可以從中得到啟發，我試著歸納成若干細項。

「書系概念」的擷取

是「書系概念」的擷取（尋索拱橋），是最難、最最重要之事。「書系」乃是概念的實踐產物，概念之擷取，至少要符合以下各項要件：

①觀察策畫者

最好是策劃者心之所繫的理想，或是他特感興趣和專長的領域。

②觀察競爭者

詳查這個領域有無競爭者，契合「無人地帶」或「新顯學」要件者乃上上之選；或者能建立他人難以企及並構成競爭優勢的特色。

③ **觀察市場**

這個領域有社會需求嗎？市場多大？未來有發展嗎？

④ **決定採封閉式或開放式？**

是採封閉式抑或開放式？若採封閉式則需設定嚴謹的編輯宗旨（若是以「類套書」編輯概念操作，這座拱橋之設計，另有難度，暫不深論），列出最低門檻，預先擬定規模及完整細目，以供遵循；若採開放式，則仍需設定最低入選標準，以利編輯執行。

⑤ **搶占灘頭堡**

假如領域內沒有競爭者或現存的競爭者孱弱無力，恭喜你，你又向前邁進了一步。

⑥ **差異化策略**

假如你策劃的書系，已經有強力的經營者霸佔了獨大或獨佔地位，而你又有不得不進入的苦衷（或充滿攻堅自信），這時你應善用「差異化策略」，從細分化之中，突出別人缺少的特色。

⑦求名還是求利

理智地評估這個領域，你希望從中得到的利益是金錢抑或聲譽？是兩者兼得抑或有個先後、輕重？

⑧提防模仿者

一旦經營成功，跟隨者必如影隨形，所以你必須提高新加入者的門檻，延長你獨佔及獨大的時間，讓他們望背興歎。

⑨確保稿源

維持稿源的質與量，才能保持長期優勢。

⑩領域與範疇的佔有

總括地說，形成「書系的概念」即是我常說的「領域」與「範疇」——書系經營成功，即意謂著「領域／範疇的佔有」及經營規摸的擴張。細看當今深具指標意義的遠流，她之所以能成為今天的規模，就是早期在其他競爭者還未理解社會大變化來臨之前，她一步步侵入他人忽略的邊緣地帶，最後集涓滴為洪流，匯聚成巨大的影響力。這些影響力不但形構了實質的財富，也使她登上出版界舉足輕重的地位。

據我所知，遠流經營規模從詹宏志加入之後才有了戲劇性的成長，年成長率幾乎都在30％～75％之間，不到八年，營收成長了約二十倍。即使他離開以後，在王榮文親自領軍之下，營收又翻了近倍。遠流確是一家很特別、又極富特色、充滿改革意識與進取心的公司。

破壞性創新

依我個人體驗與理解，書系創生最適用的指導理論，當屬克里斯汀生（Clayton M. Christensen）與雷諾（Michael E. Raynor）倡導的「破壞性創新」（disruptive innovation）。意思是說，僅在既有的道路與範疇和他人競爭（即使也努力求新求變），只會將自己帶向衰敗，這種「維持性創新」為智者所不取，應從社會大結構的變化中找出商機，鎖定「尚未消費的人」，找到新市場。

「大眾心理學全集」書系的出擊，頗符合這個理論。創新意識濃厚的詹宏志，了解競爭本質，他沒去挑戰文學書市的領先群，反而巧妙地發掘某些讀者對「書」的另類飢渴，對這些飢渴者而言，他們只希望找到一本「能解決他一個或幾個面臨的問題」的書。

這些讀者和「文學愛好者」並未完全重疊，他們的人數足以支撐分眾市場的利基，有時候甚至多到能形成巨大利益。

假如你找到了符合「破壞性創新」理論的書系發展空間，基本上已走上成功之路。

人員配置

一般而言，一條書系由一至二人組成的編輯小組負責，但就事事求精簡並嚴控成本的經營者而言，這兩人組或三人組，所掌管的書系（路線），往往在二至五條，除了肩負主書系的經營責任之外，尚需兼顧次書系的出版任務。

所以，究竟需要多少人員，當由出版規模（量）與長遠發展藍圖之需求、公司擁有的財力、主導者的能力……等，來做衡量。

設定出版規律

在既有的人員編組及各種支援條件下，要考慮：

書系的最大「年出書量」有多少？

如何掌控並分配出版節奏？

一次幾本？

相隔多久？

這裡頭藏著有趣的秘密，若操作得宜，可產生大能量。我有時和人聊天時，偶而談到編務工作的「音樂性」，即是指此。下一章裡，我會細述打造「實用歷史」編輯工程時，何已成為它成功的重大因素。

「凝聚力」與「累積效應」

書系的貢獻即在統一概念之下，書與書之間有了相互依持的特殊關係，我常強調要從「概念」到「書系」再到「書」。當概念達不到品牌效應的成果，單本的書籍便會失掉支撐，又回到每本書單打獨鬥的時代，這時書系即無存在價值了。

有一年我參加北京書展，在正中書局的攤位推銷（輕經典）系列叢書時，對有意爭取這套書出版權的同業說：「這一系列中的每一本書都很棒，但更重要的應該是【輕經典】這個概念，務必把這三個字當作品牌來經營，否則就成了捨本逐末了。」

【輕經典】系列一百冊的規模，即意含著「凝聚力」與「累積效應」，當這些書出版到一定數量時，書市老手即可掀起大浪。

請允許我稍微離題，引用一段似若不相干的片段，來闡明書系力量之源：

《天下雜誌》曾有一封面故事〈借鏡荷蘭〉，記者陳雅慧造訪了「全世界最創新的產業群聚（花卉產業，其出口總值佔了全球市場六成）」，他們找出荷蘭之所以能在花卉產業出人頭地，是因為採取了很突出的策略：「一起強大」（strong together）。

一位專業經理人坦率地跟她說：

「一個農夫不可能有錢去義大利或是巴黎推銷鮮花，但把大家的資金合起來就可以。」

陳雅慧拿起筆，記下她參訪心得：

「精明的荷蘭農民不但和同業合作，更擅長分析利害，和上、下游相關產業競合。每一年，所有荷蘭花農和花卉大盤商，都撥出營業額一％，做為全球花卉推銷基金，由花卉協會專職負責運用，行銷全球。」

這個片段恰好解開了書系力量來源的謎團。

坦白說，「一起強大」（組織力及綜效）的強烈信念，還真點出了書系精神之真諦。往後，在執行「實用歷史」專案時，我們依據的精神與採用的步驟，幾乎與其類似。

將一冊冊書結成塊狀，形成沛然莫之能禦的氣勢，此即「凝聚力」的現實應用。至於，當一批書接一批書誕生，時刻將書的影響力加總，久而久之，自然累積起莫大效應，只要這效應是正面的，對書系之助益就非同小可了。

擴大佔領書架

如前所述，「量產」策略的形成，即在快速佔領重要書店的書架（建立並鞏固灘頭陣地）。我們都清楚明白，書店平檯雖是兵家必爭之地，但難以久置，頂多停留一到四週（除非成爲暢銷書，此時，書的命運進入另種循環），最後的命運是回到出版社的倉庫。

但若這書有了歸屬，則會多一分幸運，有機會被放入書架的書系之中。因此，如何將書系品牌化，使它擁有高知名度，並在書店搶佔最大面積陳列，得到與讀者長期面對的機緣，延長了書的生命週期，這確是書系一大優點。

為了突出書系存在，當年遠流曾經刻意將書系以顏色區分，當你踏入書店時，迎面而來的可能是一片綠，抬頭又見到一片亮黑，左邊紅色，右邊黃色，另一頭閃爍著藍光……，詹宏志稱之為「顏色經營」。

孕生「紫牛」

書系若是沒有「紫牛」（暢銷書），即使擁有了不起的概念，也一樣無濟於事，而日趨衰敗。因此，孕生紫牛是書系主編的第一要事。

何處尋？我在前面已有涉及，但紫牛不是單靠尋覓可以得到的，有時靠時勢，有時靠機遇，更多時候是靠主事者彎下腰桿、謙卑地傾聽時代的渴慕之聲，當紫牛走過身旁，你的眼、耳、心必須迅即攫取那種氣息，只要稍一疏忽，紫牛遠颺而去。

我們不可能癡癡地靜待紫牛出現，這叫等死；我們只有在細膩的日常工作裡發現紫牛。在認真、辛苦尋找紫牛的過程中，有時候牠不經意地偶爾閃現於出版的作品裡面，請容許我說句誇張的話：編輯們切勿小看自己，因為你很有機會成為紫牛創生者。

被層層硬殼包起的一粒晶瑩閃亮的鑽石（紫牛），往往經過編輯琢磨之後，才綻放光芒，編輯的任務是「眾裡尋她千百遍」，得來可真費了一番工夫。

以下是紫牛最容易藏身的地方，能否與牠相遇又相識，全憑本領，所以也就不多做闡釋了：

❶作品經營（紫牛之一）。

❷作家經營（紫牛之二）。

❸議題經營（紫牛之三）。

❹**大師經典的橫向移植及本土發掘**（紫牛之四）。

配套觀念

編輯只是整個出版生態工程裡的一個環節，它不可以孤立於整體之外，它必須嵌入脈絡才產生意義。因而從公司經營角度解讀，書系的壽命除了取決於外在大環境的變遷之外，內在各相關因素的支持更不可忽視。

譬如行銷企劃究竟於何時納入？業務部門的市場分析將影響印量的多寡，因此牽動成本結構、定價、廣宣費用投入額度的計算……等，編輯該不該一併考慮？這些看似十分瑣細之事，其實環環相扣，必須嚴肅看待。

我在此所說的配套，指涉的是另一層面的意思，舉個最簡便的例子：書系成熟以後，要不要給他一個牢靠的依托——籌辦一份同名或同質雜誌？

在「雜高書低」時代，「書系」與因此而生的「雜誌」，恰如鳥之兩翼，缺了任何一翼都將飛不高、也飛不遠。日本Sony董事長出井伸之的《非連續時代》（2003年12月，商周出版），引了一則充滿禪機的問答：

> **每當我雙手鼓掌發出聲音的時候，都會問自己：**
>
> **「是那一隻手發出聲音的？」**
>
> **答案是：**
>
> **「不論只靠右手或左手，都拍擊不出聲音。」**

我，第一次體會到什麼是「互—不—可—缺」的道理。

拱橋也罷、石頭也好——這則公案，不也引出令人追索不完的禪趣？

14 聰明拷貝

十根手指頭，一定有長短。不能因為短少利潤而放棄必須入據的領域，否則，繪製中的「出版地圖」就會產生缺口。

遠流的「新出版地圖」

我喜歡閱讀（正確的說法是「亂讀」，生冷不忌，有書就看）。閱讀的時候，喜歡勾勾劃劃、剪剪貼貼，搞出一堆「廢料」。最近，在整理桌上這些「無用之物」時，看到久遠以前，抄錄在記事簿上的一段文字，我覺得引用於此，作為信的標題和開場白，非常貼切：

「專門做鞋盒子的江韋侖，目前正在進行『細胞擴散計劃』，這也是沿用張忠謀的策略，又稱為『聰明拷貝』（smart copy），他有信心在十年內，將現有的三個廠擴增為六個廠，採取每一廠輔導一廠的原則，進行穩健的擴張計劃。『十年內，我將成為世界最大的鞋盒大王，年產量五億盒以上。』江韋侖說。」

——〈訪江韋侖小記〉（出處不詳）

記得當時讀這段話，猶如觸電，立刻被「細胞擴散」與「聰明拷貝」定住了，——天啊！這不就是我們當年在遠流幹的事嗎？一點也不錯。

「大眾心理學全集」成功之後，遠流不斷「複製」其作業模式，於是一個書系接一個書系推出，一塊領域接一塊領域進駐，神不知、鬼不覺地悄悄繪製遠流的「新出版地圖」。至少對我而言，當時並不知道自己在做從今天觀點來看，是一件「非等閒」之事。

我們每次召開核心會議時，常將外界批評的話帶回來：

「回去告訴王榮文，出版不是這樣胡搞的！」

而聽到最常重覆的決議是：

「既然頭都洗了，乾脆徹底沖個涼。」

大家都體認到「退此一步，即無死所」，心情悲壯之極（現在很同情做老闆的人，因爲「豁出去」的結果，若不成爲企業家，便是獄中犯）。

在我的記事簿子裡，還不小心抄到蕃薯藤網路執行長陳正然早年接受訪問、談到面對網路時代來臨之際，他背水一戰的決心。他引述的話極具煽動力，頗能表達這群人那時的心情：

「這是一個排山倒海的巨浪，」比爾．蓋滋如是說：「你（指的是「自己」）要拋錨是不可能的，（要是停滯不前）每一代都將被下一代challenge，（假如不再勇往直前）你們（就會）完蛋了，（而且將）不知所措！到頭來，你們（豈能）不都被（下一代）break through（突破）？所以，只有迎上前去，沒有第二條路。」

這段文字已不知出處，被我抄錄的有點離離落落，括弧中除了「突破」兩字之外，其他均為我增添的字，希望沒有錯會言者本意。

遠流的「強力團隊」

遠流「大眾心理學」大獲成功之後，不自覺地樂在其中，公司規模也一天比一天大了起來，包括陳雨航、涂玉雲、蘇拾平、陳嘉賢、郝廣才、莊展鵬、黃盛璘……等人，先後成為遠流成員，人人都感覺得出，整個公司動起來了。

來了陳雨航，「小說館」「電影館」誕生了。

蘇拾平把「實戰智慧叢書」「How to」導入正確方向。

郝廣才報到，「兒童館」成軍，並躍入國際市場。企劃部由涂玉雲運作，將ＤＭ行銷做得如火如荼。陳嘉賢架起版權談判之橋，正式因應保護著作權的國際壓力。莊展鵬、黃盛璘入列，「台灣館」成為公司新的象徵與榮耀。詹宏志規劃建制，創設平台，把出版範疇繼續加大正面與縱深，除了親自主編「社會趨勢叢書」，他也不敢忘記知識分子的責任，不計虧損，投下鉅資，推出「新橋譯叢」（康樂主編）與「西方文化叢書」（高宣揚主編）……等，填補國內部份學術領域的缺憾，也新塑了遠流形象。而今偶見報端有人輕率批評，實在太低估詹宏志的視野和胸襟了。

隨著不同專才的聚集，大家同心協力，開疆闢土，戰志昂揚，這些人共同創造出遠流「王詹盛世」的奇蹟（當然，有功名單還很長，尤其是陳正益與陳錦輝兄弟在編輯方面的典範意義，因爲他們的功力，使得遠流的出版品特別親切好讀，希望以後有機會詳述他們的貢獻）。

我們一方面在「複製書系」模式中，得到擴張出版版圖的滿足感，因為幾乎沒人理解這些人的瘋狂行徑，坦白說，連「我」都沒來由地感染到樂觀氣氛，往前直衝；一方面又十分訝異，出版界並沒人在乎這股上昇的力量，甚至有人幸災樂禍，等待遠流大難臨頭。

當大家冷眼旁觀時，遠流組成了強力團隊（team），慢慢學習把自己蛻變成具有現代經營觀念的雛型企業體。

不久，在快速膨脹中，終於意識到日趨白熱化競爭中的隱憂——我們並未能每推出新書系，都做到像心理學書籍問世時的市場反應，似乎有些地方動的有點滯留，不順暢。

身軀是長大了，肌肉還不夠結實。

那時候，在詹宏志領導下，業務有了驚人成長，郵購能力也打下牢固的基礎，我們月月計算每條書系的「成長力」，去了解其中的起伏波動：

——書系有了強、弱之分。

但，我們也清楚認知，十根手指頭，一定有長短。不能因為短少利潤而放棄必須入據的領域，否則，繪製中的「出版地圖」就會產生缺口，影響理想中的佈局遊戲。我們計算的是整體利益，因而必須承荷起體質所能承荷的損失，在加加減減中，最關心的是新領域的開拓及最終整體純益的百分比有沒有提高。

移動槓桿支點

在短短數年之間，內、外環境起了變化，書市出現跟風。幸虧，遠流仍佔著先行者的優勢——在所涉領域，多數仍維持「獨大」，一步一趨的跟隨者，一時還構不成威脅。

但我們心裡明白，又到了變革的時候了。

規劃中的新書系「實用歷史」，恰巧面對這個關鍵時刻。

很幸運的，我與外遊歸來的李傳理（現爲「遠流出版公司總經理」）組成兩人小組，不捨晝夜推演「實用歷史叢書」編輯和行銷種種異想天開的解決方案，終於摸索出仍可在架構內運作的方法：只要改變空間與時間的操作節奏，或許能新創遊戲規則。

果不其然，我們走出瓶頸，促使產銷關係起了有趣的變化。

找到的key很普通——只是移動了槓桿支點。

我們先提出一項假設：若將一條書系的「年生產量」視為「一個整體」來考量（例如一年生產24種），會引起什麼變化？（你看！有的時候改變是如此輕鬆而簡易：定義改一改，時間移一移，環境挪一挪，新的機會就冒出來了。）

制定「出版節奏」

以往，只要書編好印妥就協調企宣與發行部門，立即納入正常作業管道，所以書系本身出擊火力是乏力的，通常是和其他路線的新書共享行銷資源。但若將書系「年出書量」有計劃地切割成春、夏、秋、冬四個波段，從既有行銷模式獨立出來，每個波段五至七本，形成自己的節奏，把書系的精神（概念）充分呈現，讓讀者習慣它、享受它、接受它——這將是多麼美妙的事！

第一：分波段出書

我們秉承「知識是拿來用的」——彼得．杜拉克所宣揚的精神，從歷史中找出它的應用價值，化為典籍。第一批六冊（包括《曹操爭霸經營史（天之卷）》《曹操爭霸經營史（地之卷）》《曹操爭霸經營史（人之卷）》《觀察家一百》《中國帝王學（貞觀政要白話版）》《縱橫學讀本（長短經白話版）》），於預約期間被訂購約四千五百套，上市之後，不斷再版，印量迅即破萬，可說大獲全勝。

四個月後，又推出第二批七冊（包括《人間孔子》《爲政三部書》《現代帝王學》《朱元璋大傳》《經世奇謀》《三國智典一百》《小謀略學》），反應超過預期，同時又再一次帶動第一批叢書售出千餘套……我們終於學會操作一種行銷（節奏）技巧了。

第二：籌措廣宣預算

因為每次推出五至八種叢書的量，使原先單本出書的薄弱形象頓時改觀，我們把每冊微薄的宣傳預算加總起來，立刻累積出一筆不大不小、可運用的金額，但仍不足以大開大闔地幹，因此在首次預約時，說服經營團隊同意預支第二、三、四批廣宣費用提前集中使用，準備孤注一擲。我們心裡有數，只要贏得首戰，未來即可無往不利。這種方式像不像荷蘭花卉業者所用的「一起強大」策略？

第三：以「年」為計算單位

做長線的「範疇經營」，統而言之，即是「專注於某一概念的徹底執行」。在編輯概念方面，我們嚴守宗旨（這座拱橋得之不易），希望在領先的領域確保「獨佔」地位，以區隔其他競爭者。

第四：建立簡單而明確的產銷模式。

我們將編輯檯上的生產鏈儘量拉長，始終維持十至二十冊的書進行編輯工作，以便每梯次均能組選出最佳組合，維繫書系魅力。DM郵購→新書帶舊書→後批帶前批，貯積了足夠知名度之後，開啟店銷閘門，滿足喜歡在書店消費、期待已久的讀友。

第五：套裝式「組合行銷」

這一計畫的成功，擴大了銷售量及利潤。

第六：訂定最具吸引力的價格策略

完成一次交易的金額極限是多少？讀者必須看到牛肉在那裡？我們做了幾種努力，首先決定這個書系的書全部選用八十磅最佳紙張精印、穿線（不是膠裝），必要時不吝惜增加雪銅彩印——這些決定不但增加書籍厚實度，也提昇了質感。

我們把每一批書的總價，訂在台幣一千四到一千七百元之間，預購價格則固定在九〇九元，換算成折扣，約在5.1～6.5折之間，讀者立即感受到兩項優惠：一是價格上真正吃到牛肉了；一是在上市前即可拿到新書的滿足感（早人一步拿在手上，書還發燙呢！）。當社內讀友DM行銷結束，立刻發動第二波段的報紙廣告預購（注意：書依然沒有發行書店），這時的預購價格已調整到九九九元，當然，上市之後就完全按照定價出售了。

這個模式初次實施時，負責店銷業務部門曾強烈質疑並反對，認為對店銷非常不利，但事後証明，因為大量廣宣及預購者口碑的緣故，書的曝光率大增，反而促進店銷大幅成長，這是他們始料末及的。

價格策略的訂定及運作，空間極大，我無法在此詳述，只有靠各位平時觀察各出版社的操作方法，自行體會、學習——在我們這一行裡，只有大環境才是唯一的師傅，只有「做中學」才是唯一的法門。請反芻岡野雅行的話：「技術就是看了就要偷學起來，不是等別人來教。」

第七：衍生新的經營空間（可惜沒有深耕下去，白白浪費了天上掉下來的機會）。

歷史範疇本是遠流出版強項之一，「實用歷史」的成功，使遠流在歷史通俗應用方面佔據戰略制高點，而有了向學術方向移動的迂迴空間，以及創辦雜誌凝聚同好的機會。少了橫向拓展與縱向佈局，左右都失去依托，歷史儘管是重要經營特色，但難挽傾頹之勢。如今回顧，不免欷歔。

第八：建立起快速回收投資的捷徑

「實用歷史叢書」第一年的營業額就有約三千萬元，而且有頗大比例屬買斷版權的書，不但利潤高，也增添了公司財產。

第九：發展書系內的「群組」，豐富書系內涵

光會套裝組合最佳陣容做梯次出擊是不夠嚴密的，事實上，「實用歷史」從一開始就隱藏複式、多線的編輯技巧。

從創作者來說，先鎖定了陳文德，往「陳文德作品集」發展，假若書系內能找到十個以上的陳文德，何愁其不能蓬勃成長？我們一面順應他的初志，圓其大夢；一面和他溝通吻合書系茁壯的議題，如「商用二十五史」，融入其寫作計劃，此即「作家經營」是也！

從純編輯企劃角度而言，無疑擁有更大空間。

譬如「實用歷史」中「中國經世智典全集」的設計，凡納入該系列的書，在最前面都預留兩頁空白，準備給發行人撰寫〈出版緣起〉之用。當這個「全集」準備妥善時，即重新印製豪華精裝的大套書面世，以供應學校、研究機構及私人收藏，與店銷市場做清楚區隔，此即「專題企劃」是也！

有時因應特殊需要，會選擇某批書中一冊做徹底的價格破壞，譬如69元特價等。順便在此舉個最極端的例子：我在策劃「大眾讀物叢書」〈新浪漫小說經典系列〉時，為了希望突出書系在讀友心目中的印象，曾選擇厚達四八七頁的《歌劇魅影》，以49元特價在金石堂汀州店做「限時、限點、限量」促銷活動，兩千本書不到一天，就搶購一空，接著再以99元特價全面供應，使它長期雄踞暢銷排行榜，總銷量達二十萬冊以上。當然，持久特價銷售，必另有緣由，不在討論範圍之內。

新的作業模式

我們從「大眾心理學全集」學到典範轉移，由「實用歷史叢書」跳躍到聰明拷貝——有點一樣，又有點不一樣，在「不一樣」之處，摸索出新的作業模式，就編輯的成就感或樂趣而言，沒有比這更令人高興的了。

關於書系之經營，仍有不少「眉眉角角」（閩南語）的事有待梳理。例如：為什麼要「顏色經營」？如何在書系設「檢驗點」？如何搶佔書店「書架」？書系中「強」「弱」組配的心法？為什麼套購價格為「九〇九」或「九九九」？「書名」與「副書名」的主從考量……等等，都不是三言兩語能交代，有些事只有靠經驗補強了。

15 編輯大忌

尾巴搖狗的隱喻剛好點明落版的位階，能增添光采但不足以影響大局，將落版視作特異神功則是另一種荒謬。

不可原諒的排版錯誤

有些「小」事老鯁在喉頭，當一吐為快。

在我購閱的某些書，編排上的陋習，似乎已積非成是了。其中特別難以忍受而眼看越演越烈的是：不該出現「空白頁」的地方，偏偏突兀地「空白」在那裡，說有多礙眼就有多礙眼。很明顯的，有些編輯不真正了解什麼叫「單頁起」、「雙頁起」（跨頁表現）、「另頁起」和它們的選用時機，以及其間的差異。

這該屬於書籍編輯的基本功吧！為什麼沒人教？為什麼容許他們的錯失犯了又犯？

和朋友聊天時，彼此笑說，一定是家裡大人太忙，無暇兼管細節；或是更讓人吃驚的答案：連「大人們」也不以為是錯失？這些知名出版社的「範本」杵在那兒，新進編輯盲目模仿，久而久之，以為這才叫正確。嗚呼！放眼世界，大概只有我們大喇喇地別樹一式，形成當今書籍編排的特色。

解決之道，只需歸納成一個極簡單的原則遵循之：

左翻（西式橫排）**的書，右頁絕不容許空白頁出現。**

右翻（中式直排）**的書，左頁絕不容許空白頁出現。**

也許有人會問：這是誰規定的？即使這項規矩是曾存在過的，為什麼我們不能打破它？

假使非如此硬拗，我建議大可不必再往下讀，因為有些行規行之有年，除了少數特例（如藝術方面或有特殊考量的需求），可說是全世界都謹守的規矩，我們又怎能罔顧事實？

假使置身編輯檯上的你和我有相似的困惑，也許有人會問：當文章不夠長或多出一段，恰巧導致不該出現空白頁之處出現了，那該怎麼辦？

我接受過的訓練，只有一個答案：絕不容許。這也正是需要編輯發揮專業能力的地方。

面對這種情況時，編輯必須絞盡腦汁去克服難題，所採用的方法，約有下列數種：

①依文氣走勢，鬆開（增加）段落，將內文延長到空白頁（至少要有二行）。

②依文氣走勢，連結（減少）段落，將內文擠進章節最尾頁（滿版爲止）。

③增加（或減少）內文小標題。

④與著（譯）者商量，調整內容長短（最好少採用此法）。

⑤從全書編排上理解，若能在行距、行數、每行字數、大小標題所佔空間略予調整，或可將這一方面困擾解開。

⑥故意製作「小註」（註釋／編按），不露痕跡地加長內文；

⑦刻意在版面預留空間，做成專欄或抽言——難度高，但極有效。

⑧增加插圖或圖片（留意全書的一致性）。

⑨其他任何在不傷害原文的前提下的種種嘗試。

誰負編輯責任？

事理既然如此清楚，那為什麼市面上仍經常出現「不當空白頁」的失誤？有一種可能是編輯真的不懂，那麼這篇短信或許有些參考價值。

另一種可能是編輯偷懶。因為按照上面所提出的編法，豈不累人？不如怎麼方便怎麼編，反正成書印行之後，技術問題一向乏人聞問，這點版面上的缺失誰會在意？何況這種觀點，誰對誰錯還有得「拗」呢！

第三種可能是——在編輯作業流程中，文字編輯和美術編輯「分流」了，文編把書稿整理好之後，就交由美編（更糟的是直接交給排版公司，現在的排版公司都自設美術人員，自動配圖進行版面構成）全權處理，不再參與監督或討論。美編有時為了表現大氣一點，或選擇的圖或畫適宜做跨頁表現，也就顧不得文字編排上的禁忌，發稿時，不論中、西式，每一章的開始，都選擇「跨頁」起排。

即使有人糾正時，還每每以藝術設計專長做為顛覆傳統、創新的藉口，把批評者奚落一頓，嚇得文編再也不敢吭聲。

但演變成今天我們見到的情形，我認為一方面是文編失責，一方面是制度失衡。

這兒牽涉到極其重要的關鍵：成書之後的編輯責任誰負？是文編或美編負其總責抑或文編與美編各負其責？由文編從頭盯到尾的「一條鞭法」或是由此「分流」？現在出版社分工日細，文編多半不肯、也不認為該去協調美編，主客關係釐清不了，缺憾即因隙生成。

至於如何釐清文編與美編彼此主客關係，極其重要。若是以文字內容為主要訴求的書籍和雜誌，當以文編部門主編（含）以上的主管或由其授予全權者負其總責，美編不可也不應逾越這個界線，他可以建議，但沒有終決權，否則責任歸屬難斷。

在台灣有不少印製精美的全彩雜誌，文字往往變成圖片的附庸，完全違背出刊宗旨，使讀者迷失於誇張的七彩絢爛中，常有不知從何閱讀之憾。當然囉，要是以圖片為主的出版物，我同樣不能接受文編的喧賓奪主。在一本以文字內容呈現為主的出版物，美編的任務在如何滿足主編者對標題及內容所要求的強度清晰地傳遞給讀者，讓讀者感受到並接受它，美編要恰如其份（美容大師）扮演建議者而根據裁示執行之。

帶著環保意識編書

一本以文字為主的書，版面的設計終決權，當控制在文編手上。

書稿拿到之後，應先了解書的結構（其他應注意事項不在討論範圍）。

接著，決定版面規格（字體、行數、字高……等）及落版方式。以中式直排（右翻）

的余秋雨《借我一生》為例，這部書厚厚一鉅冊、文字是它唯一表現方式，而章節甚多。我們看到編者套襲「天下文化叢書」慣用的「雙頁（跨頁）起」編排，結果出現不少「左頁空白」。其實，這部厚書應該選擇「單頁起」及「另頁起」，在一章結束之後，不論單雙，次頁立即接續，一則可避免上述遺憾，一則可節省不少紙張，這麼暢銷的書，一口氣印行十幾萬本，減少不當白頁，不也可保護大自然少砍一棵樹？

看！編輯不也該帶著環保意識編書嗎？

假使堅持每章都要跨頁表現，那麼無論如何請發揮編輯功能，想方設法，不讓左頁（或右頁）成了空白！

「雙頁起排」是非常具挑戰性的落版方法，因為要克服的問題會增添不少，通常做老編的能避則避，非萬不得已不輕易選擇；現在的年輕朋友總以為跨頁的版面視覺效果特佳，故樂此不疲，也就顧不得觸及其他禁忌了。

手邊的兩本書，湊巧都患了同樣的症狀：一是作者贈送的《傑出女性學者給年輕學子的52封信》、一是《藏書之愛》（很不錯的書）。這兩本書的編者，只要稍微留心，應該能夠克服——好好的書，一定要帶著遺憾嗎？

我曾經和兩位熟識的編輯反應過類似的意見。

其中一位聳聳肩，告訴我他只能反求諸己；另一位則找來一本國外出版、介紹藝術作品的圖文書，證明人家也一樣印行「不該發生空白頁」的書，認為我太大驚小怪，而且如此編書，大家都沒意見，反而是我多事了。

他把特例當通則，說得我當場愣在那兒，久久說不出話。

真是孺子不可教也！

落版的藝術

因為喜愛閱讀的緣故，家裡不免訂了些雜誌，特別是新創刊的，總會趁優惠期間，去佔點小便宜。

大概在職場呆久了，不知不覺得了職業病：看到好雜誌，開心的像自己編的，愛不釋手；看到有缺陷的，忍不住為之歎息，有些編者恰巧是相識的，幾度拿起電話想提些老生常譚，但再想想，自己的見解也侷限於狹隘的個人經驗，又豈能認為一定是「對」？一思及此，再也不敢魯莽出聲；再想想，不如退而結「網」，老老實實記下「忠於自己」的體會，放在本書裡另請高明一起討論，或能激發意料之外的火花。

編好一本雜誌，所牽涉的因素極多，且互有關連，若要理清頭緒，還真不知從何說起。只有看到什麼，想到什麼，就寫什麼吧！反正還原到最終，都只在「摸象」、都圍在「編輯實務ＡＢＣ」周邊打轉而已。

從編輯技巧角度審視這些雜誌，我認為常被忽略的環節乃是出版流程中的「**落版**」。在討論落版之前，我們先假設雜誌編者已經解決「編輯理念」、「內容架構與組合」等的設定和運作模式，而且都契合規範，否則就失去討論基礎了。

我們最常見到的缺失是：明明內容尚佳，卻因不諳落版，把雜誌編得十分零亂，反映不出應有的價值。而有些編者，以為只要把一流稿子弄來，印成一冊以饗讀者，其餘皆是次要之事。

不！這種觀念當然有欠周詳。

優秀的編者能邀約到最「適」、最「佳」的稿件，經由熟練落版技巧，再配合美編在版面設計上的詮釋能力，將內容完美呈現於讀者之前，令人讀得暢快淋漓，不忍釋手；相反的，即使蒐集到最漂亮的眼睛、眉毛、鼻子、嘴巴、耳朵，要是位置不對、比例失當，我們看到的是野獸而非美女。

這其間的落差，就出在落版認知上的偏失。

創新與整合

什麼是「落版」？

「落版」即是把準備印行的內容進行最後步驟——排列組合，希望在既有的條件下，進行「情緒管理」，將讀者心理導引到正面反應。

就「書籍編輯」而言，也需要落版，我們先從這兒說起。

當編輯將書籍內文整理就緒（包括文字梳理、訂正、審定及篇章、目次、序跋、推薦、廣告……等，都一一完成），就該胸有成竹地付諸完稿。在這節骨眼上，立即能區別出兩類編輯：一種是將編輯工作看成職業；一種是將編輯工作看成志業。前者，不肯多作思考，照著葫蘆畫瓢，蕭規曹隨地跟著從前的版型照抄；後者，在參照舊版型時，會反芻再三，斟酌內容特色，尋求能讓讀者更便易吸收的表現手法。

數十年前，在我踏入「編輯這一行」時，以現在的水準而言，當屬手工業性質的「鉛字排版」階段，文章在發排之前必須做到一字不錯、段落分明，若有特殊字體或版面設計要求，也要在發稿單上註記詳盡，不可含糊籠統，否則排版廠拆版重組，耗時耗力耗錢，得不償失也。要是三不五時出狀況，工作就保不住了。

我非常幸運，剛入行就遇到名師引導：一是張默先生，一是隱地（柯青華先生）。直到今天，在我心目中，他們依舊是版面設計高手。尤其是自己累積些經驗之後，更加明白他們創發式的編輯高度，若無長期浸淫和巧思，是做不到那種水平的。你若不信，去翻翻張默主編的《創世紀》詩刊，和隱地主編《書評書目》和「爾雅出版社」的叢書——例如剛出版的《身體一艘船》，便知吾言不虛，能清楚看到他們的創新與整合能力。

我是打從那樣的年代走過來的，所以對當代觀念領先群所邁出的每一步，都點滴記心頭，然我本性愚騃，始終未得精髓。

「層次式」的開展

另一位讓我整個人撼動起來的編輯高手是張伯權先生，他是我服務於《書評書目》時的同事，在他身上學到不一樣的編輯技巧。

讓我頭腦一新的事例，是他處理《卡夫卡的寓言與格言》的方式。

一九七五年，我參加了廖文遠和他朋友在新竹創辦的「楓城書店」所衍生的

「楓城出版社」，擔負主編之責。張伯權答應將《卡夫卡的寓言與格言》交給楓城出版，但要求從封面設計、內文編排等一手包辦。我那時候，對如何編書一竅不通，有人自告奮勇，為之大喜過望，當然慨然允諾，現在回想起來，這是一趟真正完整的學習之旅，我見識到嘔心瀝血、全心投入的燃燒體，如何誠摯地完成他生命中的第一本書。即使到了數十年後的今天，每當我拿起這本小書，似乎仍能感應到他炙人的熱情。

假使你曾擁有第一版的《卡夫卡的寓言與格言》，或許也會興起和我一樣的感受。我覺得他似乎變身為卡夫卡，是卡夫卡向讀者展示自己。

在那個年代，沒有人像他這樣編書的。書的封面設計的非常素樸，也充滿卡夫卡風格。他處理內容的手法，有著明晰的「層次式」的開展。讀者拿起書的剎那，在翻頁的過程中，一步步被引入一種氛圍，他在每一頁都悄悄釋放一點點卡夫卡香精，那種芬芳立刻擄攫了閱者的心。

在那古早通路有限的年代，初版兩千本，兩個多禮拜便告售罄，從此，書市增添了一本暢銷的長銷書，到了今天，仍佔著書市一隅。

這段歷史之所以說得這麼嚕嗦，為了闡明一個顛躓不破的道理，所謂「落版」也者，乃是從情緒導引中產生積極的「認同意識」，亦即「說服讀者接納的過程」。編輯有能力、也有此需要，架起作品與讀者之間這條通道。書籍應這樣編，編輯應這樣認知——每一本書都該盡全力以赴之，這才是「志業」。

打從這兒，我走上了「學編輯」的路，一切以透識閱者心理為檢核標準，生活中凡能增強編輯能力的都加以吸取。因「知所不足」而鍛練出另類「吸『新』大法」，我的編輯人生，就這樣叩門而入。

這是一段很有趣的自學歷程，把生活中接觸到的每件事都從編輯角度審視。我曾在一次正式的西餐體會了編輯的「空間處理術」，從上菜過程中——小零嘴、開胃酒、冷菜、熱湯、主菜一、熱飲、主菜二、水果、甜點、咖啡或茶等（我已記不清上了多少道）認識到「雜誌不就該這樣編嗎？」

數十年前，晚上八點檔曾經播映收視率頗高的美國綜藝節目「奧斯蒙兄妹」，我也從中領悟時間與空間的切割和調諧；在軍事書籍中認知「目標原則」等的世俗運用；從蘇聯戰爭原則中明白「後方基地」的重要性，由此我學到稿源及題庫儲備，讓自己保持主動而不陷於缺乏迴旋空間的窘迫；而將游擊戰術「化零為整、化整為零」的原理用在編輯上，我從未失手過；我也在交響樂團及指揮身上，看到主編與內容架構的矛盾與統一……

總而言之，把看到的、聽到的、想到的通通和編輯掛上鉤，胡亂發明，找出新的解釋和新的發揮，套一句流行語，這叫做「瘋（Fun）編輯」。我的想法和做法因此常常和別人不太一樣——這反而成為我生存利基。

書籍的編輯如是，雜誌編輯更是如此，它是編者努力提供讀者購買及閱讀的理由之一。

第一種讀法

編者和讀者的關係非常微妙。

一方面他們是對立的兩造：製售方與購閱方；一方面又得並肩而站，甚或更謙卑些，去多理解讀者的飢渴、不便與需求，否則聆聽不到他們內心心弦震顫所發出的聲音。

這其間的矛盾，當不是三言兩語說得清楚，也不是這封信的主旨，我們要解決的是，如何把一本雜誌在付印直前（「直前」爲軍事術語，本用於一場戰役「攻擊發起日（D day）」的「攻擊發起時間」之前的有限時間，但「有限」是多長，並無明確規範。）、在內容既定的前提下，編出讓閱者接納的最佳表現？

雜誌的「落版」遠比書籍複雜、多變、豐富、有趣，但依據的原理是相同的，即：讀者心理──喜、憎、迎、拒之間微妙變化的理解和掌握。

一般而言，可簡單歸納成幾個原則：長短互補、軟硬兼顧，先順後進，起承轉合。像不像口訣？哈哈，是我胡謅的，不過，仍可參考。

我們不妨從觀察一般人的閱讀習慣，來反觀雜誌編輯，並由此省思落版技巧。

雜誌讀法，因人而異，嚴格的說，每個人都有自己的讀法，不一而足。但千變萬化總存有通則，當手持一本雜誌，一般人會怎麼讀？

我試著列出可能讀法：

· **順讀**：

從頭讀起──不漏一頁，從封面讀到封底。

· **跳讀**：

揀自己喜歡的先讀。

我們姑且將這些稱之謂「第一種讀法」，講得更瑣碎些，或可分成這樣：

- 先讀短文，再讀長文。
- 先讀輕鬆的、趣味的，再讀需要思考的。
- 先讀特稿、特別企劃的，再讀一般性的。
- 先讀專欄，再旁及其他。
- 先讀有新聞性的、內幕報導的，再讀學術或理論性的。
- 先讀標題新穎、聳人聽聞的，再讀嚴肅的。
- 先讀有配圖（照片）的，再讀純文字的。
- 先讀有小分題的，再讀不分題的大塊文章。
- 先讀與切身利害相繫的，再讀其他的。
- 先讀策劃性的主題文章（如封面故事、人物），再讀次要文章。
- 先讀愛讀的，其他隨意讀。

或者，風吹那頁，就讀那頁吧！

總結的說，一般讀者的閱讀方式多半是先找出有興趣的或雜誌的重點文章讀，若有餘暇，再顧及其他。

第二種讀法

假使有幸你是專業編輯（恰巧是編雜誌的），很可能比別人多一分關心，以一種帶著欣賞的、比較性的「第二種讀法」接觸雜誌。

譬如說，看到「封面」時，已不僅是美的欣賞或當期重點內容的了解，而是更進一步追索有無固定格式（型之一種）？雜誌名稱和Slogan的結合、要目（數目多寡、重要性排比、字體大小與對比性等）、圖片選擇……的整體均衡是否妥善？強調的主訴達到聚焦預期效果嗎？能吸引人嗎？你動心了嗎？換做自己會怎麼處理？

讀「目錄」，看它佔幾頁，為什麼？目錄排列是依頁碼還是依內容性質？重點文章如何突顯？除了運用字體和圖片加強視覺效果外，有精要的說明嗎？你會如何安排序列？你會因為目錄而先讀某一篇文章嗎？

讀「內文」就更複雜了，從首頁到末頁的次序，反映了「落版」的經驗落差，同樣的稿件若由不同的人落版，很可能編出迥然不同的面貌。為什麼這篇文章放在最前面？為什麼下一篇是此而非彼？如此厚度（頁數）的內容該容許幾個cycle？像玩樸克梭哈一般，假如手上握有上上好牌，第一道衝頭就是三條A，後面兩道必然更強，天下當然無敵。但現實世界少有奇蹟，所收稿件難免各有長短軟硬，要怎樣組配？

我們可以從編者處理內容的手法「衝頭？押中？壓軸？」中，看出他的性格，非常有趣。

十個編者至少有十種以上編法，由此可知，鐘鼎山林，各有天性，而戲法人人會變，巧妙各有不同，平時只需多翻閱不同雜誌，大概多少可看出端倪。飢渴、急於表現的編輯，因此常不小心輕忽了「編輯理念」與「編輯理路」的一體兩面的特性。

一個專業編輯，很自然的會追問：為什麼要出版這本雜誌？辦給誰看的？假使你是長期讀者，依自己的閱讀心得，這本雜誌內容的綜合印象，它反映了所賦予的願景了嗎？你能清楚了解雜誌方向是否仍在軌道上運行以及是否經過人事變動之後，名實之間嚴重悖離？

我們也很容易從雜誌內容分配之中，看出編者如何運用技巧處理文章的先後次序與輕重安置，而這個架構有沒有恰宜地敘述理念，將「形式詮釋內容」做了最好的呈現？

若是決心好好走「編輯這一行」的朋友，應該時時以這種心情閱讀，除了享受文章直接傳遞給你的感動之外，身為編輯理應比一般讀者多一分關注。

有了這樣的反觀經驗，再回頭詢問「落版的意義、方法與價值」，似乎可省略重覆解釋的工夫了，不是嗎？倒過來「逆思考」，答案就在那兒。

《數位時代》改版工程

雜誌改版是永續的工作。有時是為了因應競爭對手出現或變革，有時是為了因應社會政經大環境的變化，有時卻源於自身認知標的的移動。我們固然不可為變而變（無目標的變），但也不能昧於內外情勢，使自己陷入僵化而失去競爭力。

最近有不少新雜誌創刊，也有一些雜誌進行幅度頗大的革新工程，給了我們一個絕佳機會逐一檢視。光從「落版」為起點，往上追索種種意義就好玩的不得了，「編輯」這個行業，也有苦中作樂的一面呢！

訓練編輯最好的方法就是送上第一線，讓他面對壓力，讓他自行解決困境。其次，由剖析各類不同類型雜誌的典範事例及缺失之中，增長識見。最笨而又最實在的做法，則是拆解雜誌，重新落版，看看彼此有何不同，從相互觀摩中，琢磨出自己的編輯心法。

當年，不知是幸運還是出於信任，我曾不止一次得到創刊雜誌的機會，結局很簡單：若不出局便可保住飯碗。我僥倖存活下來，也因此在不同工作崗位累積了經驗，希望這些「古舊經驗」，尚能保有科學實驗中類似「對照組」的功能。

現在，我們來談談我最喜愛、逢人便誇的《數位時代Business Next》改版工程。

《數位時代》歷經數次改版，刊期也由月刊改成雙週刊，使它能夠更快速掌握新科技時代新觀念、新產品及經營哲學的變易。詹偉雄、王志仁、吳向前、林義凱、張殿文、盧諭緯……等，每一位執筆者的文筆都深深吸引我，其中總編詹偉雄的〈編者的話〉，篇篇言之有物，剖析事理每每觸及常人難至的深度，總是使我玩味再三，以領略真髓。

前些年，我服務於「正中書局」時，編輯部策劃一條針對中學生的（夢工場）路線，我大力舉薦將他的文章結集出版，因為文章內容深具啟發性，假使我們中學生從小汲取這類新觀念，拉開視野，學會用心思考，長大之後的發展必有另一番風景。

以二〇〇五年二月十五日出刊的《數位時代》第一〇〇期為例，封面故事「一〇〇個改變管理世界的創意勢力（二〇〇五年Creative Managers × 100）」非常突出而精彩，詹偉雄撰寫的編者的話〈創意人和Trcublemaker之間〉，特別介紹蘋果電腦創辦人史蒂芬．賈伯斯（Steve Jobs）的核心概念「思索不同（Think different）」，有興趣的朋友，不妨一閱。

這麼出色的領導人和傑出的訪寫隊伍所交出的成績，令人激賞之餘，不忍多加苛求，但若純由落版角度看他們這次改版工程，卻仍有商榷之處。

究竟是西是中？

《數位時代》一向是西式編排（左翻），這次轉為「中式編排」（右翻），展現出改型的重大決心。本來嘛，左翻或右翻純粹是編者主觀喜好，做為讀者，每聞改版必然滿懷期待。但，我很難接受打開一本中式右翻的雜誌，卻觸目盡是西式版型。改版第一、二期，整本雜誌跡近三分之二內容是西式編排，應當由右而左閱讀，全成了由左而右，令我不禁起了疑惑：既然這麼熱愛西式編排，又何必為標榜改版，硬生生地勉強改成中式右翻？長期以來，原先的西式編法已經廣被接受，而今一百八十度轉變為不中不西、又中又西，究竟想追求什麼「新」的效果？Think different？

這玩笑可開的並不高明。

我們從混亂的基本編輯概念之中，隱約看到一些隱憂：

假使這是負編務最高責任的人（如總編輯）下的旨意，那顯然犯了錯，因為如此勞師動眾，全做了虛功，也不小心暴露出極限邊緣（大可不必自暴己短）。

假使總編輯根據「編輯方針」組織稿件之後，交由後製作部門落版完稿，則暴露了執行者於詮釋總編輯理念時發生偏差，有人誤讀了他的想法，而導致亂象——這種分歧，本可避免的。

這兒又碰觸到文編與美編之間的矛盾，或與後製作之間建立默契的問題。

特色經營

當雜誌內文齊備，交給執編落版（也許是總編自己操刀，或由後製作單位承接），雙方應做充分溝通，說明重心所在及特別要求等等，負責落版的人，必須加以落實，將當期內容做最終的美化工程。

誠如前述遊戲口訣，導引讀者心理：起、承、轉、合——如何在打開第一頁剎那，引出他的興趣，使他在翻閱時不知不覺地讀下去，即使經由刻意的轉折，進行到另一個主題時，依然興致盎然，而於掩卷之前，仍愛戀不捨，讀得滿心歡喜。

《數位時代》即是難得一見的範例。

未改版前，落版之精準，令人欽羨，才區區一百五十頁的雜誌，由好幾個區塊融鑄一爐，從頭到尾沒有冷場。

在此試借如何閱讀一座城市為例，來說明落版如何營造特色（構築差異化）。從城市行政當局立場設想，他們該怎麼創生或運用手上資源來吸引遊客（讀者）？譬如香港，有港式飲茶、蘭桂坊、星光大道、「幻彩詠香江」燈光秀、購物天堂、香港迪士尼樂園……等，令人目眩神迷；上海的新天地、黃埔外灘、磁浮列車、豫園……等，使觀光客流連忘返；台北的故宮、士林夜市小吃、淡水古街、龍山寺以及名揚中外的牛肉麵……等，同樣星羅棋佈於各區段，散發著誘人的吸引力。一本雜誌的內容亦應如是，翻開每一頁，猶如穿梭大小巷道，那兒有名勝古蹟，這兒有知名小吃……，處處讓人眼睛發亮。

改版前，《數位時代》的內容結構幾無懈可擊，在基本的「型」（框架）上發揮獨自的特色。我們且以內文專輯《21世紀經濟報導》改版前後的處理方式來表達我的疑惑：改版前這個「專輯」大約摘選三篇文章，以獨特的版面設計彰顯其重要性而形成特色之一；而改版之後，這自成格局的小天地不見了，只摘錄兩篇並和Interbrand Insight授權文章平行刊出，原有的山巒風光不見了，還原成一片平坦。

我要說的是，本來有高山峻嶺，氣勢奪人；稍一轉入小徑，則別有洞天，現在呢？已失去尋幽探秘的趣味了。

原先的內容未變，新的落版觀念卻稀釋了自己的特色。想想看，少了牛肉麵或沒了士林夜市的台北，多麼乏味啊！當然，我們可以不要牛肉麵、踢開士林夜市，但替代它們更具吸引力的特色是什麼？消費者肯接受嗎？

改版的時間掌控

這是編輯最常碰到的老問題了，改版作業究竟一次完成或漸進而行？這與主事者性格有關，再者亦可以結果論英雄。

《數位時代》這次改版採試探、漸進方式進行，連續四、五期，內文架構仍未穩定，除了西式改中式編排，其他方面看不出有什麼大不同，這樣大張旗鼓宣示改版，有必要性嗎？

我傾向「謀定而動」。

若是邊行邊修，曠日廢時，稍不留神，滋生混亂。

圖文處理

什麼時候該用跨頁圖片，一顯氣魄？但處處跨頁，處處重點，內容的重心就不穩了。

什麼時候該以多圖取勝，營造熱鬧，但又不失陋簡、零亂與小氣？確是考驗主編，像「雙週人物」「雙週設計商品」的版面就失之鬆散單調。

如何善用圖片以增加可讀性和視覺效應？擁有辨析圖文整合是否美觀的美感經驗，是手執編務牛耳者必須有的重要質素，而優秀的美編自當體會主編心意而將圖文做適當表現。

落版有這麼重要嗎？

總而言之，編輯固小道也，但誠如老貓引用阿城的話：

「什麼事情一到專業地步，花樣就來了。」

談落版之種種還稱上不專業，花樣就一堆，編輯這一行要做得出色，看來還不能不全力以赴呢！

在編輯作業流程中，落版乃最末端的工序，說它是枝微末節的雕蟲小技，一點也不為過，它不是核心，充其量算是個關鍵檢驗點，由此評估主事者的意志貫徹程度與控管能力。尾巴搖狗的隱喻剛好點明落版的位階，能增添光采但不足以影響大局，將落版視作特異神功則是另一種荒謬。

所以，這兒陳述的必須在特定條件下才產生意義，它奠基於堅固而可塑的「型」及其之上的「理念」，否則一切成空。

結束之前，忍不住要問：落版有這麼重要嗎？我的結論是：落版應重視，內容才是王。

PART

IV 編輯的反思

16 創新導向

花園裡能只有一種花嗎？讀書能只讀一種書嗎？不是不能，而是不好。花園裡必須容許百花齊放。

從「異想天開」突破現狀

用了「創新導向」作為標題，並不表示將提出什麼了不起的構想，所以這樣書寫，只是想彰顯它的重要性，同時也希望以此自勉，假使做不到Think Difference（蘋果電腦的經營理念），想長久保有競爭優勢無疑是緣木求魚。因為若想掙脫現實糾纏不清的亂麻，讓企業（出版社）更上層樓，只有一個方法：跳出框框。

在身陷的泥淖中掙扎，只會越陷越深，跳出來找一塊新土開墾，雖然充滿挑戰和不可測性，但這不也提供了另一種征服的樂趣？

我所瞭解的幾家台灣指標性出版社，便是這樣走出來的。她們敢於不拘泥現狀，嘗試改變遊戲規則或另寫遊戲規則，以取得成功。譬如「城邦人出版集團」。

花園主義

傳統出版社於邁向規模化的過程中，都由內部細分路線的方式來完成擴張，我們姑且名之曰「單一核心輻射性模式」，他們的資金來源只有一個，是層級性極強的集權體系，老闆掌控所有權力和權利（例如出版方向、組織、盈利分配、人事升遷、薪資等），在這小小王國裡，老闆似神一般握有「說了算」的生殺大權，當老闆的經營視野和對書市走向的判斷力還未失準時，在一定的規模下尚能控御，但無法維持長期拓展性的成長。

城邦的董事長詹宏志，原是遠流出版公司的總經理，他在遠流時期以「無圍牆學校」作為願景，打造出傳統出版經營的終極模式，他知道當有一天離開遠流時，就不能抄襲、複製過去的成功經驗。

果然，他創建了一個可讓當今出版界心懷「異」志之士，紛紛攜帶資金、構想入盟的平台「城邦人出版集團」。城邦中央只做諮詢、行銷、倉儲等服務與資金運用的建議與管理，給各執行人最大權限，因此於短短數年之間，他陸續成立了三十四家出版社，每年出版一千五百種新書，每年圖書銷售量約一千萬冊，年總營業額達31億台幣，目前繼續朝向一百家、一百億營業額的規模前進，這種分權的擴張方式，在此暫以「多核心輻射性模式」名之。

他引進不同來源的資金，以相似的模式，成立數個「集團式」組合，如城邦、電腦家庭、商周媒體、儂儂國際媒體、尖端出版；以及英屬蓋曼群島商家庭傳媒公司、麥浩斯資訊公司、巨思文化……等，囊括了不同性質的五十幾種雜誌，總印量約二千萬冊和創投基金等不同任務的公司，使他不但能在資金運用上可左右逢源，而無匱乏之虞，也使得各集團分散風險並擴增了營業收入，以目前台灣出版生態評估，詹宏志應是出版界（甚至華人地區）最具實力與影響力的人。

因他另寫了遊戲規則，終於建立起「詹式王朝」。

他開墾出一片新土，新土上百花齊放，他把經營願景簡約為極具吸引力的四字箴言**「花園主義」**。意思是說，在這片園圃裡，允許奇花異卉各憑本領，爭奇鬥豔，盡情綻放。他問了兩個問題：

「花園裡能只有一種花嗎？讀書花園裡能只讀一種書嗎？」

「不是不能，而是不好。」他答。

所以，花園裡必須容許百花齊放。他說：

「城邦是一個基於這種理解而建造出來的出版團體，它自我分裂、自我變異，由一而多，由簡單而複雜，直到它自身複雜到和生命現象一樣。」

我們因此將看到像現實世界的縮影在花園重現：「有多種政體，多種價值，多種倫理秩序，因而留下多種思想樣貌……看到眾聲之喧嘩。」

這就是「隱藏秩序於自然之中的花園主義」。

我之所以不厭其煩引述詹宏志的自剖似的解說，因為放眼出版界眾多傑出經營者之中，他是少數（也許是唯一）有大能力提出願景並予以實踐的人。他的「花園主義」設下可迅速凝聚人才與資本的平台，超越當前出版界的認知，而獲得驚人的、奇蹟式的成長。

他，創新出版經營理念的定義，所以擁有了自己建造的城邦。

詹式王朝的建立

一九九八年九月，一個年輕作家在眾人還未了解、甚或輕蔑網路文學時，她在「城邦花園」開墾一塊園地，痞子蔡的處女作《第一次親密接觸》石破天驚地橫掃兩岸三地，銷售量以百萬冊計；次年又以《7-ELEVEN之戀》攻城掠地，把次文化做成新核心，而由此奠定了出版基礎，發展迄今，她本身已滋生出包括叢書與雜誌等十七個系列（e-touch、紅繪本、Lovepost、Magic、蔡智恆作品等），在她那讀者層面，獨領風騷，這個出版社叫「紅色」，她的創始人叫葉姿麟。

在台灣，佛書流通是無法估算的龐大市場，究竟有多大市值從沒有人知道（保守估計，或許有十億元以上），因為絕大多數是以「善書」的方式，在寺廟等處免費贈閱流通，但一般而言，無論內容或裝禎都乏善可陳。

二〇〇〇年，有個女孩名叫周本驥，她說服城邦接納了佛書專業出版計劃（多了不起的拱橋！），成立了「橡樹林」出版社，她「期盼為所有想一窺佛法堂奧的讀者，築一條方便之道，毋需再尋尋覓覓」，她以少量的資金與人手，以無比的耐心，精雕細鑿每一本叢書（石頭），一步一腳印地厚植實力，這類型的讀物，雖屬小眾，但不褪流行，而購閱者一旦認同橡樹林的理念，便成為最忠誠的支持者和傳播者。出版社業績一年比一年出色，現在已陸續發展出七個系列，每一本書都擁有長久的生命力，可預見未來橡樹林的大花圃一定花團簇錦，美不勝收。

詹偉雄，一個極優秀的年輕人，當他服完兵役，即被甄選進入人人嚮往的《天下雜誌》工作，六、七之後，他和一批志同道合的朋友，決定尋找「新土」，集資創辦一份能適應新興科技環境及思維下成長一代需要的新（天下）雜誌。

他們找了很多人晤談，只有詹宏志理解他們的想法。不但投入資金，也把自己放入，他了解這些年輕人有個共同的名字：未來。

創刊號來勢洶洶，在大報刊登全頁廣告，聲稱只要打電話、傳真、寫信或以電子郵件索取，即可免費獲贈創刊號一冊。創刊號正式發行時，厚厚的彩印巨冊，再加上詹宏志近年所寫專欄結集成兩百多頁的新書，只以49元售價、徹底執行「價格破壞」的行銷手法，直訴讀者。據他告知，光這一役，代價是二千萬元台幣。

《數位時代》誕生後又透月刊改為雙週刊。在我所讀過的國內雜誌中，它在編輯技巧方面，依我個人經驗審視，其內容的架構與組合，堪稱為最佳典範。

詹式王朝就這樣一塊塊磚石砌造起一座座城堡，也隱約見識到熱情擁抱新思維、大膽創新、犀利出擊的「詹氏兵法」。

新加坡的故事

另一個「創新導向」的傑出典範，就是新加坡。

《天下雜誌》曾有封面故事「新加坡變了」報導，採訪記者一出機場，就看到大街小巷處處掛著醒目的市招：「Together, We Make The Difference」他們在採訪過程中，常聽到官員說：「Strike a Balance!」新加坡人熱衷於追求動態平衡，不斷尋求突破，並以「Thinking School, Learning Nation」做為願景，大聲喊出「再造新加坡」，希望全面提昇人民素質，成為一個「優雅社會」（Gracious Society）。

最近，我將和內人去新加坡停留一週，目的即在感受一下「新」的新加坡有什麼不一樣，我們曾在不同年份去旅遊過幾次，這一回可是抱著學習之心有備而去，我特地讀了《李光耀回憶錄：新加坡的故事》及《心耘：一群經濟精英打造新加坡成為第一的關鍵歷程》，以了解這個小國之所以形成今日面貌的造因。

有兩個（以前沒有的）新地標，我們決定專程遊訪：一是像一雙超級蒼蠅眼、效法澳洲「雪梨歌劇院」壯闊氣勢和地標效應的國家級「濱海劇院」，我們打算前去聆賞某晚節目；一是「圖書館」——想親眼目睹在資訊爆炸時代，不但沒有淘汰，反而在八年之內，投入兩百億台幣重新改造，擴大了功能，賦予新的意義，與社區融為一體的現代圖書館。

他們只是五八五四平方公里的小島，人口僅四一七萬人，建國之初，一無所有，如今「樟宜國際機場」排名世界第一、聞名全球的烏節路購物街、鳥園、世界首創的「夜間動物園」、四季忙碌的「裕廊島石化工業區」（全球第三大煉油中心）、在世界各地尋覓商機、購併當地相關企業的「新加坡電信」、執行「星下芭蕾」計劃，贊助藝術團體、打造「One-North」城中城計劃，吸引全世界科技人才及創業家等居住，合力進行創新研究與產品開發，許多國際知名工程與生化專家紛紛加入……，這些成就令人刮目相看；而國民所得在亞洲各國中排名第二，僅次於日本。

他們敢超越常理，異想天開，編織大夢，也勇於實踐，所以成就出「李（光耀）式王朝」。以四十多年努力，把毫無資源的彈丸小島，躋身開發國家之列，而於第五個「十年計劃」啟動之刻，又重塑其夢想與願景。

我之所以喋喋不休引述「城邦」與「新加坡」的事例，旨在說明「創意」的重要性，如何從一無所有中，借力使用，於重重競爭脫穎而出，而詹宏志或李光耀所創建的王國，在他們剛開始描述夢想時，恐怕多半被視為「異想天開」的癡人夢話，而冷眼旁觀等看笑話者，遠多於信任之人。

然而，結局好，一切都好。

他們證明了遠古七天七夜打造世界的神話是真實可信的。

走自己的路

有一本有趣的書《乖離與怪利：異端概念創造主流市場》，書中核心概念頗具啟發性，和本文的主題可收相互發明之效，於此引述數段，淺嚐一下滋味：

◎任何不同於常態的事物，都可稱之為「異端」。

◎異端等於創新，創新等於機會，機會等於市場，最終，市場又被異端摧毀。

◎「異端之見」從脫離原創者的狂熱腦袋，到變成確立的「社會實務」這段期間，異端呈視一種「線性的型態」。

◎並非所有始於「外圍的概念」最終都會變成「社會成規」，但所有「社會成規」最早都始於「外圍思維」。

◎矽谷的歷史，隨處可見把「異端的夢想」化為「成功事業」的輟學生、適應不良者及夢想家。

◎長久以來，社會（尤其是企業界）向來企圖馴服異端者，卻享用他們帶來的成果；猶有甚者，剷除異端者，卻把他們的構想放進產品或服務中。

◎經營的真正訣竅是學會管理位於邊緣的概念，而不是管理已進入市場核心的產品；真正重要的商機不在市場核心，而是那些還不成熟、看起來一團亂、還未被規範的東西。

◎像《Fast Company》《Business 2.0》《企業家》等商業雜誌裡報導的故事，講的不是菁英企業主管，而是那些特立獨行、玩法迥異、甚至是不加入賽局的怪胎。他們不打破遊戲規則，而是自創遊戲規則。

◎證諸歷史，那些挑戰既有、挑戰廣為接受的事物規律的第一人，就是異端者，例如：耶穌基督、伽俐略、達文西、巴斯德、畢卡索、亨利福特、愛因斯坦、洛克菲勒、比爾蓋茲、史蒂夫錢伯斯……等人，他們全是成功的異端者。

以上引述的文字，無非在表達「異見」的創新價值不容忽視，像李光耀與詹宏志，他們都「有意識或無意識地、自主或不自主地選擇常規以外的途徑」，勇敢的走自己的路。

17 假使電影變成書

要讓別人感覺到你的存在，一定要有「不一樣」的創新，在新的基礎上獨樹一幟。

「手機小說」的誕生

有個日本人，名叫Yoshi，他非常特別，只有高中畢業的學歷，居然在體制外的補習教育界成為「補教名師」，連續十三年名列「頂尖」，年薪高達數千萬日幣。

有一天，他厭倦日日與保守、因襲的教育界打混下去，他毅然放棄一切，去追尋一個屬於自己的、更大的人生舞台。

他在年輕一代、人手數機的「狂熱手機族」身上，看到機會。

他以日幣十萬元，設立一個「ZAVN」網站，自己執筆，創作了一篇小說《深沉的愛》，描述一個十七歲小女孩援交（日語：以出賣肉體來交換金錢）的悲傷故事，供手機使用者下載閱讀。

沒想到小小網站一下子湧入兩千萬人次，爭相下載這段淒美的故事。兩年後，Yoshi自費出版，首刷十萬冊，第二天就被搶購一空。到目前為止，已印行兩百萬冊以上，也改編成漫畫，在講談社《少女朋友》雜誌的〈別冊〉開始連載。原著也改編電影，Yoshi可說名利雙收。

這就是日本「手機小說」誕生的故事。

熱情的理念耕耘者

「手機小說」的例子，對一向擁有高理想性的文化工作者而言，恐怕不容易欣然接納——怎麼拿出版跟手機做比較？怎麼將崇高的出版使命，去比擬淺俗的流行事物？像這類矛盾衝突，永遠存在於出版從業人員的內心。不過，從「創新」的角度去理解，它們不失為他山之石，不妨看看別人在競爭激烈的環境裡如何「創新」，如何在險中求生，不也可從中得到些微啟發？

我們真正要學習的是他們（包括詹宏志和李光耀等）的創新意識。投身出版產業的編輯工程師，不光是認識作家、發掘作家、出版他們的作品，還得不自外於大社會，並深刻體察時代的呼息與脈動，知道「你的拱橋」在那裡？組成拱橋的石塊在那裡？知音在那裡？如何去經營？編輯不僅僅是稿件整理人，更應該是熱情的理念耕耘者——能舞動大纛，把志同道合者組織起來的人。

以下，所提出的方案也許並不實用、還不夠「異想天開」，好在它們只是為了「拋磚」，希望能激發閱讀本書的你或其他人，另有令人耳目一新的更佳方案，貢獻給你所服務的公司和滿懷期待的愛書人。

漫畫爆發的創意力

台灣在四〇～五〇年代，由民間創辦的少年雜誌《學友》一枝獨秀，每逢出刊日，書店門口就掛上布旗，告訴大家新的一期上市了。據說每期銷售量達五萬本以上，許多經銷商在它出刊當天，紛紛從全省各地奔來，自動帶著現金在裝訂廠門前漏夜排隊，唯恐拿不到雜誌，它的內容生動活潑，尤其是漫畫部份，名家輩出，備受歡迎。不久，實力相當的《東方少年》加入競爭，《良友》《新學友》……等雜誌也不甘雌伏，使一向平靜的兒童／少年讀物市場，突然熱鬧起來。

當時，漫畫是最受歡迎的部份，台灣漫畫家的創作水平比起隔鄰的日本毫不遜色。可惜，執掌教育大計的「官員」，認為漫畫妨礙了孩童的正常學習，終於下達

「先審後刊」的行政命令，從此漫畫家的創造力受到扼殺，那一代的漫畫家中止了創作生命。其中繪製〈小八爺日記〉的羊鳴先生，我曾在二十多年後拜訪他，他那時已是台北市立商業學校的校長，提起往事，不勝欷歔。

漫畫預審制度，斲傷了台灣漫畫工業的興起，導致本土漫畫家停筆，日本漫畫趁虛而入，出版社大量引進，這是當年自以為「為百年教育計」的教育家所始料未及的。他們忽略了漫畫對孩童的影響有好有壞，不可一刀切，現在回頭看日本漫畫爆發式的創意力，讓人嘆為觀止，它結合電玩、卡通、電影以及角色延伸出的授權產品所創造的巨大收益，可被視為國力的象徵之一。

這段回顧和我要提出的「電影書」，有著因果關係，必須先行表述。

副刊上的「紙上電影」

七〇年代，我成立「長鯨出版社」（曾一度與沈登恩合資），出版計劃之一，即擬定「漫畫版世界名著」系列。我從日本購買了《飄》《三劍客》《罪與罰》《基度山恩仇記》《三國演義》……等三十多部作品，以《飄》而言，一套五冊，人物造型和場景完全模擬電影，猶似在紙上演出。

我們費盡心力，把完成稿送呈國立編譯館「漫畫審查小組」，結果拖延數月，遲遲不予批覆，反倒是一些專出怪力亂神漫畫的出版社，送一本准一本。知道內情的朋友暗示我應另闢小徑，我聞之黯然神傷，在當時既無力對抗那種不良風氣，有限的資金亦不容深陷下去，只得把出版社廉價讓售，作一結束。

但，這次挫敗始終掛在心上，無法釋解。老天垂憐，機會終於來了。

一九八〇年七月二十二日，我接編發行重心在南臺灣的《臺灣時報》〈時報副刊〉，極思與號稱兩大報的《中國時報》和《聯合報》的副刊三分天下，當時的資源雖然薄弱，但得到許多文化圈朋友相助，居然也略具氣候。

我很了解光是這樣是不夠的，要讓別人感覺到你的存在，一定要有「不一樣」的創新，在新的基礎上獨樹一幟。

我想到了《飄》。

既然《飄》能模擬電影實景繪製，為什麼不能逆向思考——把故事實景一張張拍攝下來，依循漫畫展布的邏輯，再將照片組合成一頁頁連貫的頁面，用不同的形式來說故事？

我很幸運，影視圈一位張姓朋友召集人馬義務相助，我也央請好友顧肇森把他最新作品〈流逝〉（短篇小說）免費提供為實驗對象，知名演員劉明小姐應邀義務演出，就如此這般，國內報紙副刊上第一次出現的「紙上電影」終於殺青，我們用整個副刊全版連載一週，引起報社內外一片譁然。

幸虧報老闆吳基福先生不但不以為忤，反而親自到小小副刊辦公室，嘉勉有加。他用臺語說：

「我今天出門上班之前，太太特別叮嚀，做副刊的那些年輕孩子，真的很勇，敢衝敢變，要多鼓勵呵！——這也是我的感想，請繼續衝！」（大意如此）

這也是我迄今懷念這位含憤逝世多年的老報人吳基福先生的原因之一，他能接受「Strike a balance」，且不吝於給予掌聲，如今能有這般大胸襟的報人，已不多見了。

我從這次引發騷動的實驗裡，更堅決相信「電影書」是一條康莊大道。

紙本電影書

在遠流出版公司工作時，我首次提出這個構想，我仍然以五冊一部的漫畫書《飄》為例說明：

①假設漫畫書每一頁的基本版式，需六張圖片，一冊兩百頁的圖書，則需一千兩百張；五冊則需約六千張。

②假設《飄》的漫畫本（一部五冊）由六千張圖片組成，那麼，我們能不能根據漫畫裡模擬電影鏡頭所完成的分鏡構圖，從電影剪取相同畫面重新貼上，然後再嵌入對話，一個新品種就這樣誕生了。

③一次學習機會，找出漫畫書與電影書之間的「同」與「異」。

④用最簡化的說法：兩種內容完全一樣的書（假設前提），一是由漫畫家繪製而成，一是由照片組合而成。

⑤假使《飄》的電影版權已經過了保護期，這部電影正好成為實驗對象。

⑥假使實驗成功，不但出現新類型，也開發出新讀者群，倘若能申請專利，則成了獨佔領域。

⑦新類型將需要新觀念、新製作群、新的工作模式及新組織——例如製作、編導、剪輯、美工特效……等，將是一種全新經驗的累積。

以上種種只是粗略引述，當時並未引起迴響，案子就此擱置下來。

事隔多年，電腦軟體功能日新月異，已使得「電影書」的構想有水到渠成之勢，不再是一件異想天開的事——請想想，假使每一部電影除了在電影院、電視台放映、製成ＤＶＤ之外，還可多一種「紙本」型態的「電影書」，這類新產品絕對可以和漫畫書分庭抗禮，各據一方。

依此類推：

金庸原著改編的武俠影集，為什麼不能編輯成紙本電影書？

老舍的《茶館》、魯迅的《阿Q正傳》……等經典名著改編電影，如今為何不能另創新出版型態，而有了新生命？

世上所有電影，其實都孕育著這一顆顆種子，實在不可輕易放棄。

至於電玩遊戲中不朽的經典，如「天堂」、「古墓傳奇」……等，不管它是否曾改編電影，紙本電影書的呈現，不也是版圖的拓展？

18 創新！新在那？

「求同」的心態，認同於一種標準，至少不會被人恥笑，但再大、再多的資源也經不起眾人一起「搶食」。

小說三十六計

上海一家出版公司負責人在寫給我的e-mail中說：「創新！新在那？我們必須要找到新的生存點，才能發展。」他說，他念茲在茲的就是「創新」二字而已。但，談何容易！

的確，書大家都會看，觀念的吸收與建立也不難，「難」在你提出的構想能實施嗎？實施之後，能創造利潤嗎？

Know，並不難，Know- how才是大挑戰！

一位努力將歷史深化於日常生活的編輯，孜孜不倦地覓尋兩者之間連接的接口。有一天，在流行於民間、被喻為「人民的《孫子兵法》」的《三十六計》中，看出新的機會，他決心說服同事共同完成一套三十六冊鉅構的《小說三十六計》，以小說形式、每一計約十五至二十萬字，將中國歷史濃縮其中。他們前後化了四年多時間，設獎徵才，動員了十多位愛好歷史的作家，終於完成。

書成之後，不但沒有虧本，並順利售出大陸版本。（可惜後來盜版太多，三十六冊精裝版，淪爲三十六冊袖珍本，在北京的朋友告知，這套書在夜市叫賣，只值百來元人民幣。）不過，退一萬步想，這套《小說三十六計》深入民間，從此血肉相融，再也切割不掉了。原先流傳千年的薄薄小冊，如今多了三十六本詮釋詳盡的小說讀本，也算得上一分創新的歷史貢獻。

這個案子推行之初，並沒人看好，結果卻幸運完成。台灣有一句諺語「天公疼戇人」，只要目標正確，對市場判斷不失準，為什麼不敢放手一搏？天老爺自有一本帳薄，會算得清清楚楚。

岡野雅行的故事

再說一個在日本號稱「世界第一的黑手師傅」岡野雅行的故事。

他，出生於一九三三年，小學程度，從小練就模具製造技術，傳承其父親的志業，目前是「岡野工業株式會社」負責人，全公司（包括管財務的老婆在內）總共六人，但卻創造出六億日幣的年營業額。

某日，有一家醫療器材製造商找上門來，提出世界上還未出現的異想天開的構想——製造「扎在身上不會痛的針頭」。

全公司上下都反對承接這項委託，被徵詢意見的大學教授也不表同意，其中被尊稱為「理論物理學大師」的教授警告說：「從物理學的角度而言，這是不可能做到的。」

他偏不信邪。

一年半以後——他投入一億以上日幣研發，終於克服萬難做了出來。他估計未來可年產三十億支，並獲得專利權，收益之大，難以估算。

他的生活與工作的態度跟人不太一樣，譬如說：

「我只做『太便宜沒有人要做』和『太困難沒人會做』的工作。」

「相同的作業不連續做三年以上。市場上開始削價競爭時，我已經著手從事下一個工作了。」

「技術就是：看了就要偷學起來，不是等別人來教。」

「完全不考慮時代的變化，只是一味追逐金錢是不行的。」

「我比小泉首相或竹中大臣更了解日本的經濟。」

「如果你生產的是市場上任何人都能製造的產品，那麼當然會面臨削價競爭。」

「永遠領先市場一步。」

「心須做和別人不一樣的事，才能夠生存下來。」

「從玩樂中，學會待人接物的技巧。」

現在，繼續表述的其他方案。

「改善」與「系統思考」課程

一部好萊塢出品的災難電影，影片一開始就出現墜機，機上人員只有男女主角倖存，只見他倆相互扶持爬出毀損的機身，鏡頭慢慢移近，停留在他們血污的臉龐，然後銀幕上響起他們的聲音：

「讓我們建一個維生系統。」

我看到這一段，整個人凝住了。

——難道這就是中國人與西方人之間差異的起始點嗎？

絕大多數的中國人不會這樣思考的。

問題出在那裡？

——教育。

我們的孩子在受教育的過程中，被要求拚命背誦知識，常忽略了其中的關連性與知識架構，在積累中缺乏系統思考、分析、提出解決方案（對策）等能力的培養（該如何補救？）。

我注意到有家出版擁有不少本以幼、少兒為訴求對象的雜誌如《童話王國》《小學生作文——高年級版／低年級版》《作文通訊——初中版／高中版》《中學生語數外——初中版／高中版》等，和各地劃地自營的模式類似，彼此各自鞏固教育地盤，不容外地教育教材深入。

我一直在反覆強調的一個攻守兼顧的基本觀念：你有的我也有，我有的你沒有（至少在相當時間之內，還來不及模仿）。因此，在大家努力投注全力強化課業的同時，何妨抽一點心力（跳出框框）做些不一樣卻深具重要性的事！

一本從生活層面介紹從古到今改善、創新生活質素的演進史，似乎是可以著力之點。非常巧合，我在溫世仁與蔡志忠所著《台灣青年的出路》小冊中讀到相同的呼籲：現在日本很多大學都設立了「創意系」，所以希望我們的學校也能創立這樣的科系，甚至增設創業課程，讓不想到大公司上班或找不到適當工作的畢業學生，勇敢地邁向創業之路。

對幼、少兒來說，距離就業的「最後一哩」（Last Mile）還非常遙遠，但將「創意課程」納入輔助教材的構想，值得推動。這種課程對小朋友來說，應該寓教於樂，把世上為了改善不便的發明故事，以及如何由點、線、面、區域、時間縱深等系統化推演，構築起更合人性、更舒適環境的小故事整理成冊，使孩童從小具備「改善」與「革新」的動能，長大之後進入社會，必能帶動巨大的創新能量，促使社會永不歇止地推陳出新，營造更好的生活。

請想想：汽車是怎麼來的？火車是怎麼來的？飛機是怎麼來的？電影？電視？電腦？網際網路？手機？人造衛星、探月火箭、哈伯望遠鏡……天啊！這裡面有說不完的人與事，有成功的喜悅，有失敗再失敗後的不屈服和奮起。

一本名為《改善》或《創意》（別忽略奠基於系統思考）的輔助教材，似乎在各地都有生存空間，只要先行一著，何愁市場之不能獨享！

從「兒童劇」做起

一旦吃了編輯飯，尋找堅實的「拱橋」，是時刻牽掛心頭的第一要事。

在我編輯生涯裡，大半時間是個文學編輯，曾主編文學性報紙副刊與雜誌，也曾負責出版社文學類叢書編輯，深深了解作家的重要性。只要是好的作家、優秀的作品，全國編輯無不卯上全力、使出渾身解數去爭取刊印的權利。現在回頭想起那段歲月，再檢視各種報刊雜誌內容，會發覺大家真是一家親，幾乎找不出各自特色，就像前面所說的：在向「典範學習」的過程中，喪失了自我，個性也不見了。

依現在的情況譬喻，你在雜誌或副刊登一篇王安憶的小說，別人也想盡辦法搶刊一篇；你有余秋雨散文，我也不惜成本搞一篇；反正大夥兒一股腦兒搶左奪右、擠前擠後，怕掉了隊似的，拚命倣效，唯恐落伍。

「求同」的心態，認同於一種標準，至少不會被人恥笑，但再大、再多的資源也經不起眾人一起「搶食」，如果在這競食圈裡，你的實力不是數一數二，那麼我會規勸你盡早另起爐灶，尋找一塊還沒有競爭者或還沒有實力者出現的新土認真經營，把自己變成獨佔或獨大。

兩年前，我曾根據上述觀點，向某出版社提出【人間劇場】企劃案——我的意思是說，假使文學殿堂是這個出版社不得不進奪的聖地，而編輯人員又與當前檯面上知名作家的淵源不深，既使關係不錯，也只是眾多爭食者之一，那倒不如精耕「文學沃土」中較不被人重視的領域——好比像是戲劇。

從戲劇切入，由劇作家的創作劇本做為拱橋，來黏合人才——假如能一躍而成旗幟鮮明的「中國劇作出版中心」——努力爭取當代傑出劇本，以全新的編輯概念重新製作，例如老舍的《茶館》及曹禺的《雷雨》……等等，除了劇本，還應加入大量、大版面照片，以及導演的理念告白、演員表、舞台設計解說、重要評論等，把劇本製作成精緻的藝術品，用最高級的紙張，甚至獨特的開本及裝禎，使《茶館》這部劇本提昇到最高水平，讓劇作家視能在【人間劇場】的「中國經典劇本名著」出版自己作品為一生最大榮耀。

當然，在【人間劇場】（拱橋）裡，可分列「中國古代經典戲劇大系」、「中國經典劇本全集」、「當代劇本精選」、「世界名劇選刊」……等橋拱，將戲劇做為核心，把電影、劇場……等視同周邊囊括進來，一樣有很大的揮灑空間。

19 「編輯力」起步走！

設計沒有什麼領域之分。雖然可以有不同專業形式——服裝的、家具的、首飾的、室內設計的等等，但是設計的原理都是一樣的。

笨鳥的學習自白

在開始談「『編輯力』起步走」之前，首先要釐清的，恐怕是何謂編輯力了。「編輯力」一辭，顧名思義是泛指編輯各種能力的綜合表現，最早是從部落格「老貓學出版」上看到的；去年五月，日本講談社「現代新書」總編輯鷲尾賢也寫的《編輯力：從創意企劃到人際關係》出了中文版（鷲尾賢也著／陳寶蓮譯／先覺出版社／2005/5/1出版），使「編輯力」成了編輯之間朗朗上口的常用辭彙。

由於這類由業界老手親述經歷的書極不多見，我喜孜孜地上網訂閱，書到之日，迫不及待連夜拜讀，發現編輯之道不分中外，彼此經驗相似的多，相異者少。我從鷲尾的心得裡面，也重溫了過去曾走過的路。

他在首章「編輯是什麼？」中，把編輯工作，以簡化的流程作說明，約略分為：取材、企劃、邀稿、催稿、編輯實務、校稿、宣傳、發行、聯繫作者等等，敘述雖極簡單，仍可讀出一項重要特質：「書的企劃」。

台灣出版界的編輯，有能力或被允許掌握選書權責者少，大部份精力放在流程後半段「基本功」的磨鍊，其實這階段充其量只能算做「養成教育」，能不能百尺竿頭更上一層，握有選題策劃的權力，則還有待實力證明。

我遇過不少剛出道的年輕朋友，剛做編輯就很不服氣，認為出書沒什麼難，立即要求擁有出版決策權，但我要請問：有哪種老闆敢把銀子隨意輕擲？總得先讓人眼睛一亮，證明自己有什麼與眾不同的長處吧！

不同環境下的編輯

依照鷲尾賢也的經驗實錄，一旦編輯人提出的構想在「編輯會議」上通過，才正式「成案」，納入作業流程，整個過程如下：

❶ 提出企劃案。

❷ 企劃案成立之後，找作者寫書。

❸ 找到作者，即進入催稿期，務必追蹤進度，如期交稿。

❹將交來的稿子，正式納入編、印流程。

❺出書前後的廣宣活動。

❻效益評估。

但細心的讀友很可能會發覺，這個流程與國內眾多出版社並不全然吻合。我們編輯手上的書很少需要「根據議題找作者寫書」，除了極少數出版社有「開發議題」及「自製能力」外，大部份出版社出版物，依賴的是：

❶國外當紅作家作品。

❷國內當紅作家作品。

❸有渲染性的「社會話題作」。

了解自己最大的優勢

光從這一點上，即可看出我們和日本對於「書的企劃」這一概念的相異之處。台灣的出版社，為了降低風險，讓製作的書本本「暢銷書市」，常常側重「他製」，喜歡從已經證實暢銷的作家或作品中尋覓機會，而上述三種來源，當是最便捷的捷徑。因此，少數編輯由此淬鍊出獨特的本領：

──有的擅長從國外眾多出版物中，找到在國內書市有利基的作品。

──有的專注於人脈經營，能爭取到國內一流大家作品。

──有的敏於市場嗅覺，能在社會表象中，擄獲有挑戰性的話題作品。

換句話說，因為「書源開發能力」的殊異，而發展出不同性向的編輯類型。

除了第三項，尚能突出產品企劃特性之外，基本上，前兩類編輯所選作品，彰顯的是選書人的學養、眼光和癖好，和鷲尾的工作相比，重點不同。鷲尾著重書的前端思考，是「先有議題，才有作者；有了作者，才有作品」。所以他所製作出來的書，是編輯主導、是獨一無二、是操之在我、是毋需參與國內、外著作的競價比賽，鷲尾在角色功能方面的殊異表現，或可給國內編輯一些啟發。

從鷲尾身上，大略可看出「編輯力」的豐富內涵──預見力、發想力、企劃力、人脈經營力、整合力、執行力、行銷力、問題解決力……等等，不一而足。

投身編輯工程的朋友，不妨先了解自己擁有的編輯力中最大的優勢是什麼，然後強化它，營造個人在組織中獨特、難以取代的核心能力。

原理融於實務

為了方便敘述，請容許我暫且將「編輯力」武斷地二分為「他製」與「自製」兩個範疇。

展現「他製」編輯力的編輯，總是能慧眼獨具，找到暢銷熱點，具有此類才質的編輯，是目前最炙手可熱的（鷲尾說，日本也一樣——例如簽下《哈利波特》版權的人），缺乏這些資質的，恐怕只能望其項背，輕嘆造物主的不公平了。

既然在「他製」領域內「技」不如人，有沒有可能在「自製」領域裡一顯身手？只有在這情境之下，對被歸於「芸芸眾生一族」的編輯人而言，「編輯力」一辭，才算有了世俗意義與價值了。親愛的朋友，假如你讀到這裡，應當發現本書所有的內容，都是為「凡夫俗女」寫的。正因為樣樣不如人、處處有強者擋道，所以才需要勤練本事——另闢蹊徑！

從「他製」中覓才取材，看似容易其實極難，這類編輯可說是天賦異稟，奇才難求；從「自製」中尋求生機，看似困難，其實反而容易找到安身立命之地，依我的經驗，這或許是實力平常、卻又不甘庸碌一生的編輯最可著力之處。

我恰巧就是這樣的編輯。但在進一步探索這片寬域之前，我倒願意先說說我這笨鳥的編輯能力是怎樣做到「一瞑大一寸」。

此事還得從我的學習心法（原理融於實務）講起。

人們常說「條條大路通羅馬」，譬喻殊途可同歸；編輯人的「編輯智能」育成，應該也是各有各的路徑吧！

二〇〇四年，我厚著臉皮毛遂自薦，向老貓提出申請，希望能在「老貓學出版」網站裡佔個角落，承蒙他慷慨答允並發佈消息，稱我是「實戰流老編」，我當時對「實戰流」一詞似懂非懂、貶抑難解，只好概括承受。

近讀大前研一《思考的技術》（大前研一著／劉錦秀．謝育容譯／商周出版社／2005／4／20），他提到職場有一種「非優質生」，只能「在工作現場，透過實踐而學習工作技巧的人，稱之為『街頭營生者』（Street smart）」。他的詮釋，使我幡然醒悟：

——啊！原來這就是「實戰流」！

思考的技術

嚴格說來，編輯這一行沒有所謂師承之說，只有生存環境中永不減少的壓力和挑戰，才是逼迫我們長進的老師；一旦入了行，就得靠自己摸索了。

我非常同意大前研一的觀點：要想有所進步（日日新，苟日新），teach（教）是很消極無用，因為「教」是以「有答案」為前提，我們需是的是learn（學習）——訓練自己的腦力，開發新的思考路徑。

他認為東、西方的不同，從小學教育——teach和learn的不同認知，即可知道東方人輸在哪兒。

東方的教育偏重記憶，少讓孩子思考，也就是說，「這種教育只能訓練出記憶型、吸收型的頭腦，卻常扼殺了自行思考、構思新創意的頭腦」。西方人完全不同，大前研一到了丹麥，發現他們根本禁用「teach」一詞，他們的基本教育方針是讓孩子「學習思考」，丹麥人說：

「當全班二十五個人都寫不一樣的答案時，才是最棒的。」

他的結論是，日本教育是失敗的，「日本人幾乎都不用頭腦」，假如不全面改革，將培養不出在世界上有競爭力的新生代。

《思考的技術》就是對症下藥的一帖良方，在書滿為患的今天，新書很多，好書太少，這本書值得反覆研讀，可作經典來讀。

我不厭其煩引述，目的是在東施效顰，說明像我這類「野放生長」的「街頭營生」者，是怎樣依賴「學習」、怎樣一步一腳印累積出自以為是的經驗？

找問題比找答案難

舉例來說，在二〇〇六年元月出版的《遠見》雜誌上，讀到楊瑪利和黃漢華採訪日本「無印良品」設計總監原研哉的對談〈找問題比找答案難〉，文章一開頭就深深吸引了我：

Q：這麼多年來，你橫跨許多不同的設計領域，是怎麼做到的？

A：其實設計沒有什麼領域之分。雖然可以有不同專業形式服裝的、家具的、首飾的、室內設計的等等，但是設計的原理都是一樣的。

Q：什麼原理是共通的？

A：設計師像醫生，客戶是病人，他們如果頭痛，就想吃阿斯匹靈。但我不給阿斯匹靈，因為我要找出真正的問題在哪裡，就像醫生一樣。不管客戶是哪一種行業都一樣。對創意來講，找問題是很重要的，答案很容易找到，但要找到問題是很困難的。

Q：能否舉個例子。

A：東京銀座「松屋百貨公司」在二〇〇〇年想要重新設計，改裝成為「多國知名品牌集合」的百貨公司，來找我做廣告。但我研究後認為，他們如果不改變形象，根本不可能成功。因為若不徹底改變，就會像國際機場裡的免稅商店，沒有特色。所以我強烈建議他們必須重新塑造鮮明的形象。……必須年輕化，塑造流行感，從一家普通的百貨公司，變成流行最先鋒。而這些必須從建築外觀、室內設計、產品包裝等一步步做起，最後才是廣告。後來，整個重新塑造的每個過程我都參與了。」

優化「編輯力」

我把這段對話當成他山之石，悄悄移用到「編輯／出版工程」經驗範疇來理解，學習原研哉在面對問題時，思考路徑的推演過程和對策擬訂——從原研哉的應答之中，至少獲得以下心得：

①面對挑戰時，如何「學會找問題」，從問題找出口（機會所在）。

②編輯人的「編輯力」是中性的，可以在不同（跨）領域內發揮其專業性。

③必須擁有開放的、不排斥「它領域」的恢宏氣度與大胸襟。

④從整體著眼。學習從點、枝節（局部）看出脈絡結構與脈絡意義、由此檢視自己位置所在，找到第一著力點（注意！搞對「方向」！）並設定必要的步驟。

⑤假使東京銀座「松屋百貨公司」想要重新設計「多國知名品牌集合」這個任務是「壹」，那麼「廣告」只是構成「壹」這「意義之鏈」的一個環節而已。

⑥要想成為「贏家」，就編輯而言，鮮有捷徑。你若是找不到哪座拱橋，找不到哪個「壹」，看不清自己站立的位置，就會陷入「不知為何而出版」的處境。

⑦編輯工作既是技術，也是藝術；不光是要做的賞心悅目，還必須塑造出價值與意義。

⑧認清編輯工作的超然與獨立，或者用更精確的語詞描述：它是全面滲透的。換言之，編輯人難說誰高誰低，只有工作態度良窳與技巧成熟度，以及能否看出事物肌理和背後隱形含義的涵蓋面積大小。

幼稚而笨拙的我，從原研哉告白之中，硬生生瞎掰出一串「延伸意義」，目的旨在搭橋，借他的問題意識，找出豐實編輯力的一條條小徑；在這一則訪談裡，再一次溫習過去學習到的經驗法則：時時刻刻掌握整體意識與脈絡意義，所謂「大處著眼，小處著手」放在這兒，就有新的體會了。

信不信由你：假如業界有人認為我的編輯功力尚可稱道，我就是靠這樣「學習」，一點一滴積儲，在適當的時候拿出來運用。

——然而，如何進一步優化「編輯力」呢？

也許就這麼簡單：請敞開心胸、廣納眾智，做個「街頭營生者」，把所見所思、所有可用的知識化為專屬你的繞指柔。日積月累，必有可觀之時。

以自製取代他製

另外，關於「他製」與「自製」一事，應稍做補充。依我的認知，「他製」或「自製」均不可偏廢。

完全以「他製」作為產品源，容易陷入「紅海」；完全以「自製」作為產品源，則曠日廢時，更需充沛資金。但若放棄「自製」，出版物內容將永遠失去自主性，只能做個跟隨者；唯有以「自製」立社，才是出版社的終極使命。

所以，出版「他製品」是手段，「自製品」才是目的；用「他製」賺來的錢，拓墾「自製」的沃土——這一片天地才是編輯、出版人夢魂所繫的美麗國土（說到這兒，已涉及想不想做個文化強國的問題了，光是輸入而不學著輸出，長居弱勢，是很難翻身的）。

我曾聽到一個未經證實、但可信度甚高的傳言：

一向以「自製」做為立社之本的「格林文化公司」（郝廣才主持），有一年光是版權淨收益，即高達新台幣四千萬元，比許多出版社一年的營業額都要高；而日本DeAgostini株式會社看上他們的製作能力，於二〇〇四年一月宣佈，願採行「日本出資，台灣出畫」合作模式，出資新台幣一億元，合作出版《中國歷史》系列，出版做到這種境地，才叫人生羨！

二〇〇六年初，「大樹出版社」宣告結束，社會上一片惋息聲，我佇立一旁冷觀：當今出版界，誰有此眼光和氣魄收此瑰寶？不久，得知「天下文化公司」接手，支持大樹繼續營運，報載數項〈約定〉中，有一項令人印象深刻：要求未來大樹產品以自製為主。

「天下文化」一向以商業類叢書知名於市，以「他製品」的譯著為主，此次納編大樹，刻意聚焦於她最大長處（自製），也同時做好內部產品區隔，一箭數鵰，確是聰明做法。

20 影響我一生的一句話

我們那時的認知，打的是一場書的組織戰：不僅僅追求單書的勝利，更重要的是書系的勝利。

美麗乃其餘事

就我個人而言，使我能存活在職場三十多年的力量與智慧之源，主要來自兩個方面：一是場所的實務經驗（包括人脈經營及同儕的好榜樣）；一是閱讀。兩者之間，又相互影響、彼此支持。

實務經驗部份，前面多有敘述，在此僅舉一例，說明我如何從閱讀中得益。

話說在我二十多歲時，台灣仍處於戒嚴狀態，出版受到嚴格控制，數量極少，市面上能讀到的書種有限，每有文、史、哲新書（其實多半是舊書翻印），朋友間莫不奔相走告，惟恐失之交臂。

所以當李敖主持《文星雜誌》編務、衝破藩籬翻印二、三十年代被視為禁書的知識性叢書〈文星集刊〉時，文星書店門前，熱烈訂購的場面幾近暴動。那時，人對知識的飢渴，真不是今日事事不虞匱乏的年輕學子能夠想像的。

在那個年代，對年輕人而言，書是極其珍貴的資產，一書在手，總得一讀再讀，咀嚼再三，把書擰個透底，非擠出些什麼來不可，以免辜負了節省餐費才換得的汲取知識的機會。

很偶然的，我在書攤買到一本頗像盜版二十年代的、很薄的小書——尼采寫的《啟示藝術家與文學家的靈魂》（譯者佚名）。我承認，這本書真是難讀，但又不甘願白白浪費金錢，只好死啃硬啃，讀它個透；精讀了兩三遍，意猶未盡，又寫了篇心得。

世間之事確難預料，誰能想到一時「勤讀」，書中觀念竟內化成我的人生觀和理解事物本質的指針。例如，它讓我去認知關於「天才的秘密、專注單一目標的熱情、『捨棄』的積極意識以及人性臻於極限、攀登高峰後的自信危機」，這些觀念因而和我血肉相連，分也分不開了。

書中，影響我編輯生涯最深、最受用的一句話是：

「對於整個的組織，美麗乃其餘事。」

跟我共過事的朋友，對這句話一定不陌生，因為我常唸經似的叨嘮不停，希望經由這幾個字，建立一個在工作上可彼此溝通的渠道。

重點在哪裡？

我從這句話延伸出去，去體認「組織力」在出版／編輯方面的運用，並追索「何謂整個」以及將它置放於出版／編輯工程脈絡裡頭、進行全面思考時，學習如何具體觀照。

有一次，我從報端刊出蔣經國對當時「十項建設」（他拒用十「大」建設這類浮誇的稱呼）中關於美化「中山高速公路」的一段說辭，找到了此辭最佳詮釋。

他對有人建議將高速公路兩側，以雕欄玉砌裝飾起來，彰顯這條耗資無數的重大建設的價值感，表達了他的看法。

他斷然拒絕了建議，理由非常簡單。

他說，雕欄玉砌根本是多餘的浪費，堅實耐用的路面才是建造重點；當人們從飛機上、從高山之巔俯瞰，公路本身修長、蜿蜒的龐然之軀，就自然生出逼人的氣勢；再說，那些雕欄玉砌，在高速通行或高空觀照下，誰還看得到？欣賞得到？——世俗所謂的美，在這情境之下，便變得不重要了。

當然，換個角度說，這是兩種不同的美、不同層次或境界的美的呈現，放在一起比較，也不盡公平。

書系的勝利

我在遠流時，所主控的路線背後，都找得到這句話的影子。要能成其大、迅即建立影響力並快快形成規模、佔據市場，這是個不可輕忽的支撐概念。

我猶記得當初策劃「實戰智慧叢書」書系時，為了因應大型書店崛起（書架太空，必須到處重複上架，才不致於顯得空空蕩蕩），我們看到這千載難逢的契機，立刻推動「量產策略」，以求迅即佔領書架，阻擋後來者滲入。

因此，我們在組織「實戰智慧」書系時，也體認到努力營造「黃河之水天上來」整體氣勢的時刻，不得不容許個別選書的一時失察，而藉由全書系的優質水準，來稀釋偶發的品質上的缺陷；這套被業界簡稱為「黑皮書」（封面、書背、封底一片漆黑）的企管叢書，很快在書店佔有一塊舉足輕重的地盤，隨著出書量快速累積，使人一踏入書店，都震懾於這片墨色。

我們那時的認知，打的是一場書的組織戰。不僅僅追求單書的勝利，更重要的是書系（整體性概念）的勝利。

無所不在的「壹」

這時候發生兩件有趣的事，一是感受到顏色經營的魅力。除了上述凝聚在書店書架上的大片黑色之外，出現了銷售上的趣事，書店店員下意識地於盤整書籍時，因三不五時包裝售出的黑皮書所產生的累積印象，而做出「實戰智慧叢書很好賣」的評估，一旦建立起店員的口碑，可是了不起的收穫。

二是很快的跟風出現了。有一家規模較小的出版社，亦步亦趨地出了一系列用黑色裝幀的企管書，和我們的書緊靠一起。剛開始時，我們很生氣，但隨即釋懷了，因為我們發覺它們的存在，對還未擁有獨大市場的「實戰智慧叢書」是助力而非阻力，它們幫助書系迅速擴張了黑色疆域，而很快的因它們的協助，書系於佔領一層層書架的同時，它們卻被正統的黑推擠出去。

不久，書架上的黑，全由我們的書組成了。這一場仗，可打得很經典，我也從中學到了經驗教訓。

我就是如此這般，從不同的書中擷取觀念，置入工作中讓它發酵、生長，經過不斷的東揀西湊，組成獨有的工作方法。

而，「整個組織」不就是「壹」的概念所衍發的另類思考與實踐？壹，的確無所不在呵！

對於影響我至遠至深的這一句「對於整個的組織，美麗乃其餘事」，我不知道它對你會不會產生一樣的效應——吸引你，或被你引為己用；但拋磚引玉的目的旨在提醒，怎麼從你的人生歷練中，找到簡單實用、受用無窮的指導觀念，進而演進成你自成風格的本事？

國家圖書館出版品預行編目資料

編輯道 / 周浩正原著・管仁健整編・--第一版.
--臺北市：文經社，2006（民95）
面；公分. --（文經文庫；A223）
ISBN 978-957-663-489-5（平裝）
1. 編輯學
487.73 95020225

文經社

文經文庫 223
編輯道

原　　著—周浩正
整　　編—管仁健
發 行 人—趙元美
社　　長—吳榮斌
主　　編—管仁健
美術編輯—劉玲珠
出 版 者—文經出版社有限公司
登 記 證—新聞局局版台業字第2424號

地　　址—241新北市三重區光復路一段61巷27號11樓
電　　話—（02）2278-3158・2278-2563
傳　　真—（02）2278-3168
E-mail—cosmax27@ms76.hinet.net
郵撥帳號—05088806文經出版社有限公司

法律顧問—鄭玉燦律師（02）2915-5229
發 行 日—2006年 12 月第一版 第 1 刷
2016年 2 月 第 2 刷

定價／新台幣 200 元 Printed in Taiwan